Illustration©Yuumi Suoh
「君は優しい人だから、断ったりしないだろう?」
ねっとりとした熱い舌先で、
セシルの耳裏を舐め上げながら、
アルフォンスが囁いた。

Tiara Label

ティアラ文庫

鳥籠ワルツ

嘘つきな花嫁の秘めごと

仁賀奈

presented by Nigana

プランタン出版

イラスト／周防佑未

目次

※本作品の内容はすべてフィクションです。

プロローグ　貞淑なる花嫁の条件

「わかりましたわ。それで？　相手はどなたなのかしら」

フォンディーヌ大陸の中でもっとも歴史が古い大国、ディネレア王国。

君臨する歴代の王は知略に富み、獅子《しし》のごとき勇敢さで、数々の国々を侵略し領土を広げていったと伝えられている。しかしおよそ百年前に近隣諸国との同盟を結んだのちは、富める豊かな国となすべく、田畑を耕し、そして工業に力を注ぎ、著《いちじる》しい発展を続けていた。

花が咲き乱れ、芳《かぐわ》しき香りに包まれた首都、アリュール。そこに屋敷を構えるコートネイ侯爵《こうしゃく》の長女セシルは、笑顔を浮かべながら、父であるスタンリーに尋ねた。

すると父スタンリーは安堵《あんど》からか、ほっと息を吐いてみせる。

「それでは、この良縁を受けてもいいのか？」

気の強いところのある娘は、政略結婚に反対し、異を唱えるかもしれないと、不安を覚えていたのが、ありありと解る様子だった。

「もちろんです。侯爵家の娘に生まれたのですから、意に染まない結婚ぐらい覚悟していましたわ」

『意に染まない結婚』という言葉を、セシルがわざと強調してみせたのは、せめてもの反抗だった。しかし逆らうつもりはなかった。今年で十八歳になる彼女は、結婚話が舞い込むのも時間の問題だろうと、覚悟を決めていたのだから。

「セシル……」

申し訳なさそうに眉根を寄せるスタンリーを前に、彼を困らせるのは、これぐらいにしておこうと、セシルは作り笑いを浮かべる。

そうして彼女は波打つダークブロンドを掻《か》き上げ、深い海を思わせるエメラルドグリーンの瞳で、じっと父を見つめた。

セシルがビスクドールのように愛らしいと評判の容貌で相手を見つめると、その開きかけた蕾《つぼみ》を思わせる危うい美しさに、魅入られてしまうと評されている。

父といえ、それは例外ではなく、スタンリーは愛おしげに、セシルの頬《ほお》に口づけてくる。

「私も、できることなら、ずっと傍に置いておきたいのだよ」

溜息《ためいき》を吐《つ》く父の頬《ほお》にセシルは挨拶《あいさつ》のキスを返す。そうして首を傾《かし》げるようにして尋ねた。

「私の結婚相手は、いったいどなたなのかしら。お父様」

するとスタンリーは喜色満面《きしょくまんめん》の笑みを浮かべて、セシルに答える。

「恐れ多くも、あのフレデリック・ブラッドレイ様だ。これでお前は王家の一員になれるのだぞ」

フレデリックとは、ディネレア王国国王の年の離れた弟だった。病弱である国王の政務を支え、兄の嫡子《ちゃくし》との王位継承争いを避けるため、生涯独身を宣言していたはずの人物だ。顎髭《あごひげ》を伸ばしているせいで年嵩《としかさ》に見えるが、今年で三十六歳になる麗容《れいよう》かつ、理知的な人物だと記憶している。

セシルの結婚相手としては、もったいないほどの相手だ。

「嬉しいわ。フレデリック様とお父様のお望み通りに、式の準備を進めてくださいな」

軽くお辞儀をしてセシルがそう頷くと、スタンリーは意気揚々と、傍に控《ひか》えていたメイドたちに言いつける。

「ウェディング・ドレスと宝石の手配をしろ。金に糸目はつけん。盛大な結婚式に見劣りしないものを用意しなければ。家具や調度品はあちらで用意してくださるそうだから……」

そう指示を出すスタンリーに、セシルは笑顔で続けた。

「結婚のお話はお受け致します。その代わり、お願いがありますの」

セシルの言葉に、スタンリーは首を傾げながら、こちらを振り返る。

「お父様のお望み通りにさせていただくのですから、聞いてくださいますわね」

脅《おど》しとも取れるセシルの物言いに、スタンリーは嫌な予感を覚えたのか、訝《いぶか》しげに顔を歪めたのだった。

第一章　束の間の自由

濃霧の中、馬車は首都アリュールの外れへと向かっていた。目的地は湖の傍にあるコートネイ侯爵家の別荘だ。

湖は人工のもので、リナフルーレ宮殿を囲む水濠《みずほり》として造られたものである。別荘地はコートネイ家の所《エステイト》領ではないが、夏場の避暑地《ひしょち》として利用できるように、貴族たちに広く開放されている。

太陽を受けてキラキラと輝く湖面から、涼しい風が吹く夏場もいいのだが、ライラックやチェリーブロッサム、そしてアップルなどの花が咲き乱れる春の景観も素晴らしい場所だった。折しも、季節は春。庭や果樹園を眺めるにちょうどいい季節だ。しかし、そんな別荘へと揺られる馬車の中で、向かいに座る侍女のエミリーは泣きそうな顔で、セシルに訴え続けていた。

「お願いですから、セシル様。無謀《むぼう》なことはお止めください」

何度も繰り返された言葉だった。しかしセシルは聞き入れるつもりはない。

「もう決めたのよ。それに手筈《てはず》は済んでいるの。今さら止めるつもりはないわ」

「でも……、見つかってしまったら大変なことになりますよ」

無謀なことだとは解っていた。しかし生涯でただ一度の恋だった。愛せるかも解らない夫の隣で、無為《むい》に一生を過ごすより、こうした方が心の平穏のためになるとセシルは信じていた。

「私が、この日のために、学んできたことは知っているのでしょう？　お願いだから言う通りにして欲しいの」

父の目を盗んで、セシルはこの計画のために一年の間、準備していた。そのことは誰よりもエミリーが知っているはずだ。

「そうですけど……まさか本当に実行なさるなんて……」

不満げに呟き続けるエミリーを前に、セシルはもう話は聞きたくないとばかりに窓の外に目を向けた。

◇　◇　◇

セシルがディネレア王国の第一王位継承権を持つ、アルフォンス・ブラッドレイに出会ったのは、彼女がまだ十六歳で、社交界デビューした日のことだ。

その日。夜の十時から始まる舞踏会に合わせ、リナフルーレ宮殿のアプローチに、貴族たちが続々と箱馬車で現れる。数え切れないほどの箱馬車につけられた角灯の火が、白亜の宮殿を照らしていた。

煌《きら》びやかなドレスを着て、目映い宝石を飾った淑女《しゅくじょ》たちや、勲章や略綬《りゃくじゅ》のつけられた盛服や漆黒のテイルコートを着こなした紳士たちが、玄関ホールへと吸い込まれるように入っていく。

当然のことながら、セシルもこの日のために仕立てた特別なドレスを身に纏《まと》っていた。

きっちりと纏めた束髪《そくはつ》の上に、レースやタフタで髮飾りが造られ薔薇《ばら》の飾られた帽子を被ると、セシルの華奢《きゃしゃ》な首が強調され、淑女に相応《ふさわ》しい気品が醸《かも》し出される。

ドレスは彼女の瞳に合わせ、春の芽吹きを感じさせる光沢を持つエメラルドグリーンのシルク製だ。大きくデコルテされた胸元、背中で幾度も交差する組紐《くみひも》がコルセットで締められたウェストをさらに強調していた。

胸元には無数のリボンと真珠《しんじゅ》が飾られ、愛らしさと清廉《せいれん》さを滲《にじ》ませる。そして広く開いた袖口からは絹糸《きぬいと》でつくられた精緻《せいち》なボビンレースが波打つように幾枚も重ねられていた。この仰々しい姿は、彼女が好んで用意したものではない。ひとり娘の社交界デビューのために、セシルを溺愛《できあい》する父スタンリーが用意させたものだ。

コートネイ家の屋敷を出るときは、滑稽《こっけい》なほど飾りつけられた身体のせいで、ここに来ることを躊躇《ためら》うほどだった。しかし大きな羽根飾りの帽子や、巨大なほど膨張したスカートを穿《は》いている女性たちを見ると、むしろ清楚《せいそ》に見えるぐらいだった。

そうして父と共に初めて訪れたリナフルーレ宮殿の玄関ホールの中は、目が眩《くら》みそうなほど天井が高く、磨き抜かれた大理石の床に、いくつも並んだ円柱、そして中央には噴水があった。盾を持ち、勇ましく剣を掲げる戦いの女神の彫刻の下から、滝のように何段にもなった層に流れ落ちる仕組みのものだ。

お仕着せの制服を身につけた宮殿の使用人たちが何人も、深々と頭を下げて出迎え、そして貴族たちは二階の大広間《ホール》へと向かう。

白い大理石の大きな階段《ステアケース》を登ると貴族たちがひしめき合う大広間《ホール》があった。

楕円《だえん》のドーム形になったフレスコ画のある天井からは絢爛豪華《けんらんごうか》な大小いくつものシャンデリアが下がり、壁には優美な金の彫刻がされた柱が並んでいる。

壁際に並んでいるのは肘置きのない猫足《カブリオール》の真っ白な椅子だ。背もたれには薔薇の描かれたベルベットが張られた、とても座り心地の良さそうなものだ。

「まぁ……、すてき……」

セシルは初めて見る光景に、思わず感嘆《かんたん》の声を上げる。

そうして初めての社交界デビューとなる宮廷の大舞踏会に目を輝かせて頬を染め、幸せそうに微笑むセシルは、独身貴族たちの注目の的になってしまったらしく、彼女は紳士たちに取り囲まれ、ダンスの申し込みを受けることになった。

オーケストラの奏でる旋律に身を任せ、この日のために必死に覚えたステップを披露する。愛らしく微笑むように努めながら、懸命に踊っていると、さらに次々とダンスの申し込みをされてしまう。後で気づいたのだが、侯爵令嬢という立場のセシルと懇意《こんい》になろうとする、政治的意図を持った者も数多くいたためだ。

こういった場所に慣れていないセシルは、ダンスの誘いをそつなくかわすすべも解らず、踊り続けることとなってしまっていた。そうしてくたくたに疲れ果て、深夜の一時を過ぎる頃になって、やっと大広間《ホール》を抜け出すことができた。

休憩のための応接間《ドローイング・ルーム》に向かうと、数人の令嬢たちが宝石のついた羽扇《うせん》で顔を隠し、こちらを向きながら、ひそひそと話をしているのが見えた。

感じるのはあからさまな敵意だ。

毅然《きぜん》としながら、冷えたレモネードを給仕から受け取って一口啜《すす》ると、甘酸っぱい爽《さわ》やかな喉越しに、ほっと息を吐くことができた。

すると、聞こえよがしに令嬢たちは声を大きくする。

「うふふ。コートネイ侯爵も、あんな男漁りの上手なご令嬢をお持ちになって、お幸せなこと」

大仰に芝居がかった口調でひとりが眉を寄せると、それに隣の令嬢が賛同し、次々に続いていく。

「ご覧なさいな。息を切らしていらっしゃるわ。なんてはしたないのかしら」

「初めての舞踏会で、男性の腕に抱かれて興奮しているのよ。まるで飼い主のいない発情期の雌犬《めすいぬ》みたい」

自分がなんと言われようが構わなかった。だが父を侮辱《ぶじょく》することは許せない。しかし迂《う》闊《かつ》に言い返しなどすれば、いっそう相手を増長させるだけだろう。侯爵であるコートネイの家名にも、傷をつけかねない。

セシルは無言でもう一口レモネードを啜ると、浴びせかけられる侮辱を無視し、応接間《ドローイング・ルーム》から退出しようとして、令嬢たちに背を向けた。

だが後ろから追って来たひとりが、わざとらしくセシルにぶつかってくる。

よろけそうになるのを必死に堪《こら》えて振り返ると、令嬢のひとりは羽扇で口元を隠したまま、瞳を細めて言った。

「あら、ごめんなさい。こんなところに雌犬がいるとは思ってもみなかったの」

顔を隠しているのは、侯爵の立場であるコートネイ家よりも身分が低いせいなのだろうことは、推《お》し量《はか》ることができた。

セシルは笑顔を浮かべると、その羽扇を手でそっと払ってみせる。

「なにをなさるのっ！」

驚愕の眼差しを返した令嬢に、セシルはエメラルドグリーンの瞳でじっと顔を見つめ、小首を傾げて言った。

「その若さで足下が覚束《おぼつか》なくなっているなんて、おかわいそうに。ご自慢のドレスが雌犬とやらに踏み荒らされたりしないよう、充分気をつけてくださいな」

そうしてドレスの裾を持って丁寧に礼をしてみせるとセシルは踵《きびす》を返し、その場を立ち去っていく。背後からは悔《くや》しそうな声が聞こえていたが、振り返るつもりはなかった。

そのままセシルが舞踏会の行われている大広間《ホール》に戻ろうとしたとき、ドレスがずり下がりそうになっていることに気づく。

背中の紐が解けてしまったのだろうか……と困惑しながら化粧室に入って鏡を見ると、鋭利な刃物のようなものでドレスの紐が切られてしまっているのが見える。

「……あの方たち、いつもこんなことをなさっているのかしら……」

通りすがりに財布を抜く泥棒《どろぼう》のような手際の良さと、刃物を持ち歩く用意周到さに、セシルは思わず感心するが、それどころではなかった。このままでは胸元やコルセットが見えてしまうだろう。

貴族が多く参加している大舞踏会だった。化粧室は混雑していて、いつまでもそこにいるわけにはいかず、セシルは仕方なく、ずれないようにドレスを押さえながら大広間《ホール》に戻る。

父に言って退席させて貰おうかと考えるが、他の貴族たちに囲まれている姿を見ると、それも躊躇《ためら》われた。ダンスをするためだけの催しではない。父は貴族たちと広い人脈をつくり、そして親交を深めるために来ているのだから。

年に一度の規模の宮廷大舞踏会だ。セシルが帰りたい……などと勝手なことを言うわけにはいかない。しかしドレスのこの惨状《さんじょう》ではこれ以上、踊ることはできないだろう。

と考える。

大広間《ホール》にいることのできないセシルは、父が帰る気になるまで、どこかで時間を潰《つぶ》そう
令嬢たちのくだらない喧嘩《けんか》を買ってしまったことを悔いながら、人気の少ない廊下に出ていく。そうして大広間《ホール》から離れたセシルは、マーブル模様をした大理石の柱の陰に隠れる。柱の前には台座が置かれており、そこには艶やかに光るエナメルがけされた大きな花瓶があった。隠れるにはちょうどいい場所だ。

セシルは深く溜息を吐いて、曇《くも》りひとつない磨き抜かれた窓から庭園を見下ろした。

窓の外には戦神たちの金の彫像群を中心に広がる五つの泉水があり、その向こうにはいくつもの園路に区切られて整備された、緑の絨毯《じゅうたん》が広がっている。

リナフルーレ宮殿の明かりに照らされた庭園の壮麗《そうれい》な光景に、セシルが目を奪われていたとき。

セシルが佇《たたず》んでいる方向に向かって、歩いてくる足音が聞こえた。

「……」

このまま通り過ぎてくれるように……とセシルは強く願う。しかしそのとき冷たい感触が背筋に触れ、ビクリと身体が引き攣《つ》る。

「なっ！」

やって来た男は、後ろを通り過ぎるどころか、無遠慮にも剝き出しになったセシルの背中に、冷たい手で触れたのだ。思わず悲鳴のような声を上げたセシルに、彼は首を傾げて

尋ねてくる。

「君はこんなところで、なにをしているんだ？」

淑女に安易に触れるなどマナー違反だ。

思わず眉根を寄せてしまいそうになるのを堪え、セシルは軽くお辞儀をしてみせた。

「素晴らしい庭園に見入ってしまっていただけですわ」

優雅に言葉を交わして、この場を立ち去って貰うつもりだったのだ。

——しかし。

「あぁ、そうだったのか。私はてっきり心ない令嬢たちに、ドレスの紐を切られて途方に暮れていたのかと思ったよ」

まるで先ほどの応接間《ドローイング・ルーム》での出来事を見ていたかのように口にされ、セシルは思わず目を瞠って、声をかけてきた男の顔を見返す。

「……!?」

そこには眼差しひとつで女性を黙らせてしまうのではないかと思われるほど、美しい青年が立っていた。

きっちりと整えられた目映いブロンド、弓なりの美しい眉、朝露《あさづゆ》の雫《しずく》を思わせるサファイアブルーの双眸《そうぼう》、彫りの深い鼻梁《びりょう》。そして皮肉げに口角が上がった口元は、人の悪い表情を浮かべているにも拘わらず蠱惑的《こわくてき》だ。

彼は高い立衿《たちえり》をした濃赤のフラックに、真っ白いウェストコートとパンツを合わせ、光彩の加減で青みを帯びて見える漆黒のマントを羽織った恰好をしていた。そのすべてが金や銀の糸で精緻な刺繍が施された豪奢《ごうしゃ》な衣装が、嫌みなほどに似合っている。

驚くほど腰の位置が高く気品のある立ち姿に、セシルは思わず後ろに後退《あとずさ》りそうになってしまっていた。

「違うのか？」

もう一度尋ねた青年を前に、黙り込んだセシルは、虚勢を張って毅然《きぜん》と睨みつけ尋ね返した。

「いつから見ていらしたの？」

彼のような男が応接間《ドローイング・ルーム》にいたのならセシルでも気づいたはずだ。しかし辺りにはいなかった気がする。

「君が大広間《ホール》の男たちを誘惑し、虜《とりこ》にしていたときからだったかな」

その言葉にセシルはムッとして、言い返す。

「そんなことしてないわ」

決してセシルは男性を誘惑するような真似はしていない。そんな手練手管《てれんてくだ》など、身につけてはいないのだから当然だ。

「私の見間違いだとでも？」

「その通りよ」

憤慨《ふんがい》しながらも、セシルがきっぱりと言い切ると、青年は薄く笑ってみせる。

「ふっ。面白いお嬢さんだね。虚勢を張っても、ドレスが脱げかかっているよ。……そんなに誰かに身体を見せたいなら、私が名乗りを上げるよ。ふたりきりになれる場所に連れていこうか?」

このまま青年に連れられ、ふたりきりになってしまったら、どうなるか解らないでいるほど子供ではなかった。誘いになど乗るつもりはない。

ずり落ちそうになるドレスを引き上げ、セシルはぷいっと顔を逸らした。

「こんなところで人をからかっておられないで、大広間《ホール》に戻られたらいかがかしら。あなたなら女性たちが放っては、おかないのではなくて」

社交辞令も忘れて冷たく言い返すセシルを前に、青年はますます愉《たの》しげに笑ってみせる。

「つれないな」

大仰に肩をすくめるが、彼がここから立ち去る気がないらしいのは、ひと目で解る。

「冷たくさせるようなことばかり言うからよ」

青年はいきなりセシルの頰に手を添え、彼女の顔を覗き込んだ。彼のサファイアブルー瞳が、悪戯《いたずら》っ子のようにキラキラと輝いているのが、間近に見えた。

「いいね。その取り澄ました表情。なんだか無理にでも服従させたくなる」

まるで街中にたむろする質《たち》の悪い男たちのような言葉を告げられ、セシルは後退るが、柱が邪魔して、それ以上後ろに下がることができなかった。

「……あなた、お顔はとても良いようだけれど、あまり性格はよろしくないのね」

皮肉を言ったつもりだった。しかし青年は口角を上げたまま、セシルに迫ってくる。

「お褒めに預かり恐悦至極《きょうえつしごく》だよ」

「褒めてなんていないわ」

柱際まで追い詰められ、青年の前から抜け出ようとするセシルの腕が掴まれ、片手で背中の紐が解かれ始めてしまう。

「なにをなさるの!?」

抗おうとするセシルの腕が、台座に置かれていた花瓶に当たる。ぐらついた花瓶がこちらに倒れ込みそうになるのを、青年はセシルを庇《かば》いながら、押さえつける。

「危ないな。じっとして」

薄く笑うその表情が、悔しいことに、見惚《みと》れそうなほど美しい。

「嫌よ！」

内心の動揺も相俟《あいま》って、セシルが声を荒立てるが、彼の手は止まらない。胸元からコルセットが覗き、豊満な胸の谷間が露わにされていく。

「やめてっ」

身を捩りながら、青年の腕から逃れようとしたときだった。

「……んっ！」

——いきなり唇を塞がれてしまう。

あまりに突然の出来事に目を瞠《みは》るセシルと、青年の視線が絡む。男性用の官能的で濃密な香水の匂いが、鼻腔《びこう》を擽《くすぐ》る。

初めての口づけにセシルは放心してしまっていた。しかし見知らぬ男に唇を塞がれるという、あり得ない状況に気づき、彼から逃れようとするが、ますます強く塞がれてしまう。

「ふ……っ、んん」

そうして肩口を揺らすセシルの柔らかな唇を割って、肉厚の舌が押し込まれていく。

「……んぅ……っ」

青年の濡れた熱い舌が、セシルの口腔の中で淫《みだ》らに蠢《うごめ》いていた。ぬるついた舌先の感触に、ぞっと身体に震えが走る。濃密な香りに酩酊《めいてい》したかのように、くらりとした眩暈《めまい》を覚えていた。だがされるがままになりたくなかった。力の限り青年を押し返し、離れようとするが、まったく歯が立たない。

「………んぅっ、……く……っ」

逃げ惑う舌が吸い上げられ、セシルの唇が甘噛みされる。唾液《だえき》を絡ませ合うように舌を辿られ、強く吸い上げられると、ジンとした痺《しび》れが背筋に走っていく。

「……男に口づけられるために生まれてきたような唇だな。肉厚で心地良い。……癖《くせ》になりそうだ」

少しだけ唇を離した彼は、そう掠れた声で囁くと、ふたたびセシルの唇を奪う。捏《こ》ね合わされ粘度《ねんど》を増した唾液が、口角を濡らしていった。

「や……っ、んん」

非難の声を漏らそうとするが、深く唇が重ねられ、さらに強く舌を絡められる。

初めての口づけにも拘わらず、激しすぎる行為にセシルは呼吸もできずに青年のなすがままになるしかなかった。

「はぁ……、はぁ……っ」

散々、口腔を貪り尽くされ、息も絶え絶えになる頃にやっと唇が放される。

ぐっしょりと濡れた口角を拭《ぬぐ》う余裕すらないセシルは、赤く疼《うず》いた唇を震わせながら、濡れた瞳で青年を見上げていた。力を入れることができない。今すぐ膝を折って、崩れ落ちてしまいそうだった。

しかし残された気力だけで、必死に堪えていると、青年が両手を背中に回してくる。

「騒がずに大人しくしていろ。君のドレスを脱がせているわけじゃない。応急処置をするだけだ」

彼は、セシルの着ているドレスの、背中でクロスした紐を孔《あな》からいくつか解いた後、途中できつく結んだらしい。

「これで今以上にドレスが脱げることはない。……あとは……」

青年はセシルの顔を隠すようにして、自分の胸に抱くと、なぜか通りがかった使用人を呼びつけた。

このように男性と抱き合っていることが父のスタンリーに知られれば大変なことになってしまう。思わず窓の外の方に顔を向け、セシルは息を飲む。

「彼女のドレスに相応《ふさわ》しいショールを、持ってきてくれないか」

王族の住まうリナフルーレ宮殿で、気後れすることもなく、青年は慣れた口調で命令した。セシルは複雑な気持ちで、ガラスに映った彼を盗み見る。

「かしこまりました」

使用人が立ち去った後、慌ててセシルは彼の身体から離れる。

「宮殿で、そんな勝手な真似をしていいのかしら？」

初めて訪れた彼女には、理解しがたい行為だった。思わずセシルは、訝《いぶか》しげに青年に尋ねた。

「これぐらいで咎《とが》める者などいないだろう」

肩をすくめながら、彼は平然とそう言い返してくる。

「そういうものなの？」

まるで飲み物を頼んだかのような態度に、首を傾げていると、ふたたび腕が回される。

「さて。さっきの使用人が戻るまでの間、ふたりでなにをしようか」

馴れ馴れしげな態度に、ムッとしながらセシルは彼の腕を引き剥がそうとした。しかし力強い彼の腕はまったく離れない。

「……私はひとりで待たせていただくから、あなたは早く大広間《ホール》に戻られるといいわ。お気遣いありがとう」

黙らせたいなら、口でそう言えば良かったのだ。それなのに乙女のファーストキスを奪うなど言語道断だ。しかしセシルは、この厚顔無恥《こうがんむち》な男に、初めてのキスだった……など、口が裂けても言いたくなかった。

「先ほど、私と君は唇で親交を深められたつもりだったんだが、気のせいだったのかな」

その話をしないで欲しかった。青年との口づけの感触がまざまざと蘇り、セシルは思わず頬を染めてしまう。

「そうね。きっと勘違いだわ。今すぐ忘れてくださるかしら」

そして自分も忘れ去りたかった。だが軽く触れるだけでは済まなかった激しい口づけが、夢にまで見そうなほど鮮明に、セシルの身体に刻みつけられてしまっている。

「……あぁ、失礼。私が感じたほどには、君に満足して貰えなかったということか」

溜息混じりに青年はそう呟くと、こともあろうかセシルの唇をふたたび奪ってしまう。逃げる隙などなかった。

一瞬にして顔が上向けられ、声を上げる間もなく塞がれてしまったのだから。

「……んん……っ」

先ほどとは違い、狂おしいほど抱き締められ、激しく唇が貪《むさぼ》られていく。非難の言葉を告げようとするセシルの舌が捉えられ、ヌルついた舌先が、何度も擦りつけられる。

「……んっ……放し……っ」

青年の身体に押しつける恰好になってしまった豊満な胸の奥で、心臓が激しく鼓動していた。そのことを彼に気づかれたくなくて、セシルは必死に離れようとするのだが、まったく身動きが取れない。

男性との口づけとは、もっと優しく、甘く蕩《とろ》けるようなものに違いない……と、セシルは考えていた。しかしこれでは自分は、まるで獰猛《どうもう》な獣に捕捉された子ウサギのようだ。

擦りつけられた場所から、疼きが走り、身体に火をつけられてしまったかのように熱が生まれる。与えられる口づけに、優しさなど存在しない。

「魅力的な身体だ。今すぐ抱きたくて堪らなくなる。……このまま君を私の部屋に、連れ帰ってしまおうか……」

何度も何度も、繰り返し角度を変えながら口づけた後、青年は掠《かす》れた声で、そう囁《ささや》く。その声音にすら、ジンとした痺れを覚えてしまい、セシルは泣きそうになってしまう。

しかし必死に虚勢を張って、彼を睨《ね》めつける。

「……こんな……ことして……」

だがセシルの声は蜜《みつ》に濡れたように、媚《こ》びた色を宿していた。

「許されないとでも？」

か弱い女性を力尽くで押さえつけ、唇を奪うなど許されるはずがないのだ。たとえそれが、この国の王子だとしても。

「……当然だわ！　許されるはずないじゃない」

必死に毛を逆立てて威嚇《いかく》する仔猫のように、セシルは震えながら言い返すが、彼は聞く耳を持たない。

「罰ぐらい受けても良い。だから今は、もっと君の唇を味わわせてくれ」

熱い吐息と共に囁く言葉に、クラクラと眩暈がした。

「も……っ……、や……ぁ……、んんっ」

アルフォンスは身勝手な台詞《せりふ》を告げてふたたびセシルに口づけると、弄《いじ》るようにして身体中に手を這《は》わせ始める。

「……あ……っ。いや……、放して……っ」

淫らな手つきに、セシルは身を震わせながら、懇願するが彼の手は止められることはない。セシルは手を挙げて、彼の頬を叩こうとした。しかしその手が摑まれて、いっそう引き寄せられてしまう。

「悪いな。大人しく殴られる趣味はないんだ」

そうして唇を放した青年は、セシルの耳朶に唇を寄せると、そのまま柔らかな首筋にまで滑らせていく。

「んんっ！」

くすぐったさに首をすくめ、必死に彼の腕から逃れようとしたときだった。

廊下をこちらに向かって歩いてくる足音が聞こえてくる。すると青年は機敏に動き、窓際に立つセシルを背に庇うようにして、彼女の姿を隠した。

「失礼致します」

現れたのは先ほどの使用人だ。手には白いレースのショールを持っている。

使用人が恭しく差し出すショールを受け取ると、彼は低い声で言った。

「あぁ、もう下がって良い」

命令することに慣れた尊大な態度だった。まるで自分の所有物を取りに行かせたかのような言い方だ。どうやら彼はかなり位《くらい》の高い家の人間らしい。

使用人が静かにその場を去ると、青年はセシルの肩にショールをかけると、名残惜《なごり》しげに彼女の唇を眺めながら、そっとリボンを結んだ。

「邪魔が入ったな。……まあ、今日はこれぐらいでも構わない……か」

まるで次は、これ以上のことをするとでも言いたげに聞こえる。

「こんなことは二度とないわ」

かっと頬を染めながら、セシルはそう冷たく言い返した。

「そうかな？　人生なんて思い通りにはならないものだよ」

人の意志など考慮《こうりょ》するつもりはないと、薄く笑う青年を、セシルは軽蔑《けいべつ》する眼差《まなざ》しで見上げる。

「あなたの思い通りにもならないわよ」

ドレスがずり落ちそうになっていたから、どうしていいか解らずに油断してしまっただけだ。この男を前に、二度とこんな隙など与えるつもりはなかった。

「……私？　私は違うよ。思い通りにならないものなどないからね」

まるで自分が、この国の王様だとでも言いたげな口調だった。あまりに不遜《ふそん》な物言いに、対峙するセシルも啞然《あぜん》としてしまう。

「……」

視線が絡み合う。まるで戦場で敵対する兵士に遭遇《そうぐう》したような気分だ。隙を見せれば、息の根を止められてしまいそうなほどの緊迫感。しかし彼は意味ありげな笑みを浮かべた後で、マントを翻した。

「このまま君を連れ去りたいところだが、もう行かなくては。……また会おう」

そう言い残して、静かに立ち去っていく。

セシルは気持ちを落ち着かせようと、窓ガラスに向かって深く息を吐いた。するとガラスに映った自分の姿に、目を疑ってしまう。

——そこに映っていたのは、セシルではない、別の誰かのような様相だった。濡れた瞳、腫れぼったい唇、火照《ほて》った肌……。これでは令嬢たちが言っていた通り、まるで欲情した雌犬だ。

激しい口づけを受けた唇を指で拭って俯くと、自分を叱責《しっせき》するために、頬を叩いた。しかし触れた頬が熱くて、悪い病にでも冒《おか》されてしまった気分に陥ってしまう。

「……あんな人……、もう知らないわ」

今すぐ忘れるのだ。あの男の欲望を煽《あお》る唇の感触も、掠れたような声も、熱い体温も、官能的な香りも、なにもかもすべて。

セシルは、そう自分に言い聞かせると、身体の火照りが収まるのを待って、舞踏会が行われている大広間《ホール》に戻った。

煌びやかに着飾った紳士淑女に大広間《ホール》は埋め尽くされているにもかかわらず、父のスタンリーは目敏《めざと》く彼女の姿を見つけると、こちらに近づいてくる。

「どこに行っていたんだ？　ずっと探していたのだぞ」

貴族たちと談笑しながらも、父は愛娘《まなむすめ》のセシルを気にかけていたらしい。しかしいくら捜しても、舞踏会の開かれている大広間《ホール》から、外に出ていた彼女を見つけることはできなかっただろう。そのことを申し訳なく思いながら、セシルは謝罪する。

「心配かけてしまって、ごめんなさい。疲れたから、応接間《ドローイング・ルーム》で休憩していただけよ」

こんなことなら、休憩などせず踊り続けていた方がましだったかもしれない。そう深く溜息を吐きそうになるのを堪える。先ほどのことが過保護な父に知れれば、大変なことになってしまう。セシルは平静を装いながら、なんでもないのだと笑顔を浮かべてみせた。

「そのショールは？」

来るときは身につけていなかったショールを羽織っている彼女に、目敏く気づいたスタンリーは、訝しげに尋ねた。ショールは彼女に口づけた青年が、宮殿に借りてくれたものだった。動揺のあまりセシルは息を飲む。

「……寒かったから、お借りしたの」

慌ててそう言い返したものの、大広間《ホール》内は、密集した人々の熱気で噎《む》せ返るほどだった。

その矛盾《むじゅん》を問いただされる前に、父との話題を変えようとセシルが室内を見渡したとき、人だかりを見つけた。

中心にいたのは、先ほどの不遜な青年だ。貴族たちが周りで媚びへつらっているのを見ると、思った通り、かなり高い位を持つ貴族だったのだろう。

「あぁ、お前はまだお目にかかったことがないのだったな。あの方がこの国の第一王位継承権を持つ王子様だ」

セシルは思わず耳を疑った。父は今、なんと言ったのだろうか。——この国の王子だと、そう聞こえた。彼はセシルの唇を奪うような、ひどい男だ。王子などではないはずだ。

「……っ!」

しかしその青年以外、王子らしき人物は存在しない。人々に傅《かしず》かれ笑顔を返す姿は、強引にセシルの唇を奪ったことが嘘のように気品に満ちあふれている。

「決して、粗相《そそう》のないようにするんだぞ」

失礼なことをするなと言われても、先ほど彼の頬を叩こうとまでしてしまったセシルは真っ青になっていた。

◇　◇　◇

それから舞踏会のたびに、ディネレア王国の第一王子であるアルフォンス・ブラッドレイを見かけるようになっていた。以前の彼はこういった席にあまり参加しない性格だったらしい。しかし年頃になってようやく王子としての自覚を持ったのか、公の席にも頻繁に姿を現すようになったのだと噂されていた。

侯爵令嬢であるセシルも、社交界デビューを果たしたため、コートネイ家の屋敷に引き籠《こ》もってばかりはいられなかった。妻に先立たれた父スタンリーのパートナーとして、貴族の集まりに頻繁に駆り出されることになってしまったのだ。

行く先々には、アルフォンスの姿がある。しかしセシルの内心の動揺を余所《よそ》に、彼はいつも取り巻きたちに囲まれ、彼女に近づくことすらなかった。

アルフォンスにしてみれば、セシルに口づけたのは単なる戯《たわむ》れだったのだ。

そう自分に言い聞かせようとしても、アルフォンスの存在が気になり、舞踏会のたびに瞳で追ってしまう。しかしセシルのことなど、もう欠片《かけら》も覚えていないに違いない彼に、そのことを気づかれたくなくて、彼女はいつもアルフォンスに背を向けるようにして立っていた。

初めて舞踏会に参加した日は、次々とダンスの申し込みを受けたセシルだったが、日ごとに、その誘いは少なくなっていった。セシルがアルフォンスのことばかり考え、他の貴族たちとの会話に、身を入れることができなくなっていたからかもしれない。

しかし一度だけ、アルフォンスと話す機会があった。

なぜか人目のない場所でのみ、執拗《しつよう》に誘いをかけてくるベアトリス卿《きょう》に、応接間《ドローイング・ルーム》で絡まれてしまっていたときのことだ。

「そんなに寂しそうにしてないで、俺と一緒に庭園に出てみないか」

いやらしい目つきで、セシルの肢体《したい》を舐め回すように見つめるベアトリス卿の誘いを、彼女はいつも素気なく断っていた。しかし今夜のベアトリス卿は、かなり泥酔《でいすい》しているのか、執拗にセシルを連れ出そうとしていた。

「少し酔いを覚まされてはいかが？　庭園にはおひとりで行かれるといいわ」

ツンと顔を逸らし、大広間《ホール》に戻ろうとしたセシルの腕を、彼は強引に摑んでくる。

「そんな冷たいことを言わずに、少しぐらいいいだろう？」

「お放しになって。行きたくないと言っているでしょう」

彼を引き剝がそうとするが、酔っていても相手は恰幅《かっぷく》の良い男だ。力では叶わず、無理やり連れ出されそうになったとき。

「なにをしているのかな」

穏やかな声が、ふたりの会話を遮《さえぎ》る。

「……っ！」

美しいブロンドをきっちりと纏め、豪奢《ごうしゃ》な刺繡のされたフラックを羽織ったアルフォンスが現れたのだ。彼はいつも周りにいる取り巻きを連れてはおらず、ひとりきりだった。

アルフォンスは庇うようにセシルの前に立ち、ベアトリス卿に笑顔を向ける。

「……愉しそうだね。私も混ぜて貰っていいかな」

先ほどまで泥酔して顔を赤くしていたベアトリス卿の顔色が一瞬にして、真っ青になっていく。

「い、いえ……俺の話は終わりましたので、あとはおふたりでどうぞ」

そう言って、そそくさと大広間《ホール》の方へと去っていったのだった。

アルフォンスはセシルを振り返り、心配そうに顔を覗き込んでくる。

「大丈夫かい。宮殿で淑女に不愉快な思いをさせてしまったのは、私の落ち度だ。どうか許して欲しい」

そう言って彼は、恭しくセシルの手を取り、甲に口づける。

「いえ、助けていただきありがとうございます。王子様」

セシルがかしこまってお辞儀をすると、アルフォンスは見惚れてしまうほどの笑顔を浮かべる。

「君のような美しい人は、充分気をつけた方が良い。応接間《ドローイング・ルーム》の警備も強化しておこう。なにかあったら、すぐに助けを呼ぶんだよ」

アルフォンスはそう忠告して、去っていく。

思っていた通り、彼は戯れに口づけたセシルのことなど、完全に忘れてしまっているらしかった。後ろ姿を見つめながら、溜息を吐く。しかしその溜息は、安堵からではなく、落胆の気持ちから出たものだった。

遠ざかっていく彼を見つめながら、セシルは胸が締めつけられるような苦しさを感じていた。


——そんなある日。彼女がいつも訪れている教会に、アルフォンスが訪れた。

周りに聞くと彼はいつも慈善《じぜん》事業の一環として、教会や病院そして孤児院などを巡っているらしい。その上、王子という立場ながらに政治的手腕を発揮し、福祉などにも力を入れているという噂を耳にして、セシルは唖然としてしまう。

舞踏会で出会ったばかりの彼女に口づけ、そして煌びやかな貴族たちに囲まれる姿に、セシルは勝手に、彼はただ毎日を無為に享楽《きょうらく》に明け暮れているのだと誤解していたからだ。

しかし老人や子供たちに笑顔を向けるアルフォンスの姿は、偽善などには見えない。

自国の民を愛しているのが、ありありと伝わってくる様子だ。

アルフォンスは目映いほどの笑顔を浮かべながら、教会に礼拝に来ていた信者たちひとりひとりに、声をかけていく。

「王子様。お花を受け取って、ボクが咲かせたんだ」

そう言って駆け寄る子供が転んでも、彼は跪《ひざまず》いて、泣きそうな少年を宥《なだ》めていた。

「ありがとう。……とても綺麗だ。君が心を込めて育ててくれたおかげだね」

ディネレア王国の貴族たちは気位が高く、平民たちと話そうとしない者が多い。身分に驕《おご》り高ぶることなく、民に接するアルフォンスに、皆はいっそう歓喜する。

だが彼と顔を合わせたくないセシルは、そっと礼拝堂から抜け出すと裏手にある薔薇園へと逃げ出したのだった。

「ふぅ……」

綺麗な薔薇を見て、心を落ち着かせようとするのに、アルフォンスの笑顔が胸に焼きついて離れなかった。微《かす》かに声を聞いただけで、胸の奥が鼓動を速めてしまう。

あんなひどい目に遭わされて、存在すら忘れられてしまったというのに、この動悸《どうき》はなんだというのだろうか。

あんないい加減な男は、嫌いだ。二度と顔も見たくない。……恋などしていない。そんなものを、しているはずがないのだと、セシルは必死に自分に言い聞かせる。

「アルフォンス様。どこに行かれるのですかっ」

セシルがもう一度溜息を吐いたとき、必死な近衛兵《このえへい》の声がこちらにまで届き、彼女は思わず教会の薔薇園の木陰に隠れた。

すると優雅な足取りで、薔薇園に向かってやってくるアルフォンスの姿が見える。

「あぁ、こちらに薔薇が咲いていると聞いたんだ」

甲冑《かっちゅう》を着て、剣や槍《やり》を手にした近衛兵を数人従え歩いてくるアルフォンスを、セシルはそっと木陰から窺った。

「宮殿にはもっと美しい薔薇園がございます。このようなところに足を向ける価値などございませんよ」

リナフルーレ宮殿には、いくつもの薔薇園があり、大勢の優秀な園丁《ガーデナー》が召し抱えられていた。庭園はいくつもに分かれており、薔薇やオレンジなど様々な花が植えられていて、町ひとつ分はゆうに入りそうなほどの広さがあるのだ。それだけの広さを誇りながらも、手入れされた庭園の数々は溜息が出るほど美しいものだ。

どこにでもあるような教会の薔薇園など、宮殿で働く近衛兵には価値のないものに見えるのかもしれない。

——しかし、アルフォンスは違った。

「お前に、この薔薇の価値を定める資格があるというのか」

剣呑《けんのん》な光を宿した双眸《そうぼう》で、近衛を睨《ね》めつけ、不機嫌な様子でアルフォンスが尋ねる。

「いえ……そのようなことは……決してっ。も、申し訳ございません！」

王子の怒りを買ってしまったことに気づいた近衛兵は、言葉を濁《にご》して頭を下げた。

「たとえ野原に咲こうとも、花は美しいものだ。よく見てみろ、丹精を込めて育てられている」

大国であるディネレア王国のリナフルーレ宮殿にある薔薇園は大陸一の美しさを誇ると言われていた。それなのに教会の裏庭にある小さな薔薇園を褒め称えるアルフォンスに、セシルは深い感銘を受ける。

確かにこの薔薇園は、教会の司祭が信者と共に丹念に手入れをして育てたものだ。

その価値は他と比べるべきものではない。

アルフォンスはまるで愛しい者を見るような目つきで、じっと赤い大輪の薔薇を鑑賞していた。木陰からその様子を見ていたセシルは、無意識のうちに瞳を奪われてしまう。

「王子様。そろそろ政務に戻られませんと……」

しばらく経つと、近衛兵のひとりがアルフォンスにそう声をかけた。

どれだけの時間が経ったのか、彼の姿に魅入られてしまっていたセシルには解らなかった。

長かったようにも短かったようにも思える。

「あぁ、そうだな。美しい薔薇も見られたことだし、宮殿に戻ることにしよう」

マントを翻《ひるがえ》して去っていく、彼の後ろ姿をセシルは見つめていた。

恋などしていない。あんな男は大嫌いだ。先ほど背を向けて去っていったように、セシルには永遠に見向きもしないと解っている男なのに、泣きそうなほど心臓が高鳴る。

「……冗談じゃないわ」

セシルは解っていても、もう一度だけ、アルフォンスの傍に近寄りたい衝動を抑えられなくなっていった。

◇　◇　◇

ディネレア王国第一王位継承者であるアルフォンスは、舞踏会で姿が見えなくなった、侯爵令嬢セシルを、応接間《ドローイング・ルーム》で見つけることができた。

「こんなところにいたのか」

彼女は男を惹きつけてやまない容姿をしていることも気づかず、無防備な顔で幼子のように長椅子で眠っていた。

初めて出会った夜。彼女が、会場の男たちの瞳を一瞬にして釘付けにし、まるで花の蜜を啄《ついば》んでは次々に飛んでいく蝶《ちょう》のようにワルツを踊っていた姿が思い出される。

アップにしたダークブロンドの束髪から零れるほつれ毛、折れそうなほどの華奢な首、豊満な胸の膨らみと、細い腰つき。

屈服させたくて堪らなくなるような意志の強い瞳、形の良い鼻梁と、吸いつきたくなるほどの柔らかな唇。そのすべてが、彼を魅了してやまなかった。

——彼女が欲しい。

女など飽きるほどに抱いてきたアルフォンスにとって、それは初めて覚える激しい欲望だった。しかしセシルは王子であるアルフォンスの存在など気にもかけず、次々にパートナーを変えて、ダンスを踊り続けていた。

共にひとときを過ごすだけの相手になどなるつもりのなかったアルフォンスは、セシルにダンスの申し込みをしなかった。しかし誰にも気づかれないように、その姿をずっと目で追っていた。

そうして、チャンスが訪れた。

アルフォンスは舞踏会の大広間《ホール》から退出していくセシルを見つけたのだ。自分の周りにいた鬱陶《うっとう》しい取り巻きたちを置いて、彼はセシルの後を追っていく。

するとわずかに開いた扉の向こうで、令嬢たちと対峙《たいじ》するセシルを見つけることができた。

『その若さで足下が覚束《おぼつか》なくなっているなんて、おかわいそうに。ご自慢のドレスが雌犬とやらに踏み荒らされたりしないよう、充分気をつけてくださいな』

冷ややかに令嬢に告げたセシルの言葉に、アルフォンスは思わず顔が綻《ほころ》ぶ。

慎ましやかに装っただけの女など、つまらないだけだ。すぐに飽いてしまう。彼女なら、退屈しきった自分を愉しませてくれるに違いない。そう考えたからだ。

ドレスの紐を切られたセシルに、アルフォンスは恩を売るために近づき、声をかけた。

しかし素気ない彼女の態度に、衝動的に口づけてしまう。

無理やり触れた唇から、全身が滾《たぎ》っていくのではないかというほどの、欲望に駆られた。

キスとはこれほどまでに、官能的で素晴らしいものだったのかと、アルフォンスは初めて気づいたほどだ。

セシルの予想外なほど初心《うぶ》な反応に、征服欲が煽《あお》られ、自制心など消え失せた。

もっと。奥まで暴いて。

すべてを奪ってしまいたくて堪らなかった。

王子という立場でなければ、あのまま廊下でセシルの身体を抱いていたかもしれないぐらいだ。深い海を思わせるエメラルドグリーンの瞳が、責めるような眼差しで、アルフォンスを見上げる。ただそれだけで、彼女を泣かしてみたい欲求に駆られていた。

その日から、アルフォンスはセシルを自分だけのものにする方法を模索し始めた。

恋に慣れていない様子のセシルでは、アルフォンスの激しい欲望をぶつければ、反発し逃げていくのは解っていたからだ。

セシルが、アルフォンスのことを特別に警戒《けいかい》していることには気づいていた。

あれほどあからさまに背を向けられていては、解らない者などいないだろう。しかしこちらを盗み見る彼女の視線は恋する少女そのもので、アルフォンスは彼女に見えるように、わざと人好きのする爽やかな笑顔を浮かべてみせた。

もっと夢中になればいい。決して離れられないぐらいに。

すべてを捧げてしまいたくなるほどに。

セシルにダンスを申し込む者や話しかけようとする貴族たちは、アルフォンスがすべて圧力をかけて排除した。だからこそ、彼女はひとり寂しく応接間《ドローイング・ルーム》で休むことになってしまったのだ。しかしそんなことに、人の心に疎《うと》そうな彼女は気づいてなどいないだろう。

セシルは威嚇《いかく》して毛を逆立てる仔猫のように警戒しているくせに、アルフォンスが真後ろに近づいてわざと背に触れてみせても、人混みに押されたぐらいにしか思ってもみないほどだった。あまりの鈍感さに、華奢な首筋に後ろから、吸いついてやろうかと、アルフォンスが考えてしまったぐらいだ。

――そうして、今も。セシルは無防備に応接間《ドローイング・ルーム》で眠っている。

人の気持ちにも気づかずに。

「そろそろ君を手に入れる頃合いだとは思わないか」

愚痴《ぐち》るように呟いたアルフォンスは、彼女の果実のように赤い唇に、そっと優しく口づけた。

◇◇◇

セシルが初めて出会ったとき、アルフォンスは傲慢《ごうまん》で人をからかって無理やり唇を奪うような男だった。しかしそれから見かける彼は人や植物を愛し慈《いつく》しむような気品が溢れた人物にしか見えない。どちらが、本当の彼なのだろうか……。

もう一度だけでいいからセシルは、アルフォンスと話をしてみたかった。しかし彼の周りにはいつも貴族や令嬢たちが取り巻いている。他愛のない話なら、同じようにセシルも交わすことができただろう。

だが彼女の願いは、そんなことではなかった。

セシルは侯爵家の娘だ。物心ついたときから、結婚は自由にならないものだと諦めている。それが上流貴族の娘に生まれた自分の運命だろう。早くから諦めてしまったのは、母もそうしてコートネイ家に嫁いだのだと、散々聞かされたせいなのかもしれない。

『侯爵家に生まれたのだから、恋などするのはおやめなさい。無駄なことよセシル。平民たちが作物や衣服をつくり、懸命に生きているように、貴族には貴族の役割というものがあります。優雅な生活を与えてくださる父上のために、政略結婚するのが、あなたの運命《さだめ》なのよ。ちゃんと理解しておきなさい』

母も結婚前には、駆け落ちを考えるほど好きな相手がいたらしい。しかしその恋を諦め、侯爵家のひとり息子だった父に嫁いだらしい。

侯爵家に生まれたからには、自分の一時の感情よりも、家名の存続と繁栄をなによりも優先して考えなければならない。セシルは生まれてからずっと、政略結婚という自分の運命《さだめ》を受け入れ、父が選んだ相手に身を捧げるつもりだった。

しかしアルフォンスなんて嫌いだと……、戯れにセシルに触れて、すぐにそのことを忘れてしまうような男なんて最低だと、何度も自分に言い聞かせたのに、心を占めてやまないのは、身勝手に唇を奪ったひどい王子だ。

たとえその姿を自分の瞳に映さないようにしても、忘れようとしても、感情のすべてが彼を求めて、焦がれ続けるのを抑えられなかった。こんな想いを抱いたまま、誰かに嫁ぐことなどできない。

——この許されない恋を諦めるために、セシルはどうしても、もう一度だけ傍に行きたかった。

アルフォンスをもっと、心から憎むほど嫌いになるために。

◇　◇　◇

「そんなの変ですよ！」

湖岸にあるコートネイ家の別荘に着き、荷物を下ろしながら侍女のエミリーは泣きそうな顔で愚痴を続けた。

「どうしてかしら」

なにが変なのか、セシル本人にはまったく解らない。彼の本性を思い知って、嫌いになるために近づく……簡単な話だ。

「嫌いになるために、傍に行かれるぐらいでしたら、誘惑してでも、自分のものにしてしまえば良いと思います」

真っ直ぐな性格のエミリーには理解できない感情らしい。きっぱりと断言する姿が、セシルには眩しいほどだ。

「相手は王子様なのよ。無茶なことを言わないで」

ディネレア王国の第一王位継承者であるアルフォンスの傍には、国中の美女が集まっていると言っても過言ではなかった。そんな王子をどうやって誘惑しろと言うのか。

「セシル様のやろうとなさっていることの方が無茶ですよ！」

大きな鞄《かばん》を興奮のあまり強く地面においてしまったエミリーは、慌てて底の泥を払う。

馬車にはまだまだ荷物が載っていた。荷下ろしを手伝いながら、セシルは彼女に言い聞かせる。

「そうかしら？　私はこの日のために、色々なことをあなたに習ってきたじゃない。無理なんかじゃないわ」

約一年もの間、セシルは父に隠れてずっと、メイドのする仕事の数々を覚えてきたのだった。洗濯、掃除、食器洗い、ドレスの着付けや紅茶の淹《い》れ方、すべてにおいて、彼女は優秀な生徒だったと言える。

「そこまでされるぐらい好きならどうして、王子を落とそうと思わないのですか。セシル様なら大丈夫ですよ。顔だけなら美人だし」

顔だけ。つまり他になにか重大な問題があるということだ。

「……どういう意味なのかしら……」

困惑するセシルに、エミリーは説教する家庭教師のように言ってのける。

「ご自覚された方がいいですよ。セシル様ってば、天《あま》の邪鬼《じゃく》じゃないですか。ひねくれているっていうか、素直じゃないっていうか」

「失礼ね。そんなことないわ」

ひねくれてなどいない。ついカッとして心にもないことを口にしてしまうことはあったが、人に迷惑をかけるほどではないと信じたい。

「殿方は従順でかわいらしい女性を好まれるのですよ！　そのままではご結婚相手にまで嫌われてしまいます」

エミリーはせっかくの機会だとばかりに、セシルを諭《さと》し続ける。

「だいたい相手の嫌なところをたくさん見て、嫌いになることで諦めるために宮殿の侍女になるな……ふぐっ」

セシルは慌ててエミリーの口を掌で押さえた。御者や他の使用人に聞かれてはいないかと、周りを窺い見る。

「こんなところで、大きな声を出さないで！」

感情が高ぶりすぎたエミリーは自分でも気づかないうちに声を荒らげてしまっていたらしかった。ここで計画を頓挫させるわけにはいかないのだ。周りにこの話を聞かれては、セシルが、せっかく最小限の使用人だけで別荘に来た意味がなくなってしまう。

「す、すいません」

そう、セシルは明日から、アルフォンスを嫌いになるためだけに、ディネレア王国の中枢《ちゅうすう》であるリナフルーレ宮殿で侍女として働くことになっている。

「オズウェルも手伝ってくれるのだから、大丈夫よ」

彼はコートネイ家で代々家令《ハウス・スチュワード》をしている家系の男で、とても有能な人物だ。セシルが宮殿で働くために、紹介状の偽造を手伝ってくれたのだ。おかげでセシルはコートネイ家で長年勤めていたメイド『エミリー』として、身分や名前を偽って王宮に勤めることが決まったのだ。

「おかげであの陰険《いんけん》男に、弱みを握られちゃったじゃないですか」

オズウェルはエミリーのことを特別に気にかけ、いつも彼女のことをからかってばかりいる。エミリーは毛嫌いしているようだが、嬉々として彼女にちょっかいをかけるオズウェルの姿は、まるで好きな子に意地悪をしてしまう少年のようだ。

「お似合いなのだから、いいのではなくて？」

セシルが思わず正直に告げると、エミリーは真っ赤になりながら反論してくる。

「似合ってなんていません！」

オズウェルはいくら彼女と話したいとはいえ、苛《いじ》め過ぎなのだ。心底毛嫌いされている様子を見ていると同情を禁じ得ない。

「でもオズウェルは、あなたのこと大好きで堪らないみたいだけど」

普段は飄々《ひょうひょう》としているのに、エミリーに対してのみ、嬉々とする彼の姿を思い出してセシルは首を傾げた。

先日、三人でピクニックに出かけたときも、大口を開けてサンドウィッチを丸齧りするエミリーを前に、オズウェルは人の悪い笑みを浮かべてこう言っていた。

『ふ。……それほど大きな口を開けられるのなら、私に奉仕するのも容易そうですね』

エミリーはサンドウィッチに噎《む》せ込み、隣にいたセシルも飲もうとしていた葡萄《ぶどう》酒を吹き出しそうになったことは記憶に新しい。普段は家令《ハウス・スチュワード》の鑑《かがみ》と言えるほど、礼儀正しく清廉な男が発しているとは思えない言葉だ。

「気持ち悪いことを言わないでください。そうだとしても、絶対にお断りですっ」

エミリーはくるくるとした赤毛を揺らし、琥珀《こはく》色の瞳を潤ませて訴えてくるが、その頬が心なしか赤く染まっているように見える。

「満更でもなさそうだけど」

　思わずセシルがそう告げると、エミリーはぶるぶると頭を横に振った。

「やめてくださいっ！　……ど、どうしてあんな陰険悪魔のオズウェルなんかに話しちゃったんですか」

「仕方ないわ。宮殿で働くためには身元保証書と紹介状を用意して貰わなければならなかったんですもの」

　王族が住まう、ディネレア王国の要とも言える場所に、身元の不明な人間が入り込むのは不可能だ。セシルの周りで、それを可能にできたのは、コートネイ家の家令《ハウス・スチュワード》であるオズウェルだけだった。

　オズウェルには、セシルがリナフルーレ宮殿で働くに相応しいメイドだという、証明をして貰うことはできた。しかしいくら仕事を覚えたとしても、セシルは生粋《きっすい》の貴族だ。たったひとりで規律の厳しい宮殿に出向くには、心許ない。なにか失敗をして、身元が判明しては、コートネイ家の家名に傷をつけることになってしまう。

　それを防ぐためにオズウェルも、リナフルーレ宮殿へと向かってくれたのだ。

　彼は一ヶ月の間、表向きはコートネイ家の屋敷を副執事《バトラー》に任せ、セシルに付き添って、こちらの別荘で従事していることになっている。しかし本当は園丁《ガーデナー》としてリナフルーレ宮殿で働いていた。

驚くことにオズウェルは、本来の家令《ハウス・スチュワード》の仕事だけではなく、剣は騎士並みの腕を持ち、園丁《ガーデナー》や馬丁《グルーム》や御者《コーチマン》の他に、料理人《コック》の仕事までこなすことができる有能な人物だった。

セシルが宮殿で働きたいと願い出ると彼は、最初は渋い顔をしていたのだが、エミリーが代わりになにかひとつ願いを聞き入れると言い出した途端に、率先して手伝いまで申し出てきたのだ。

宮殿での仕事は違っても、有能な彼が味方となり、セシルの身近で働いてくれることは、とても頼もしいことだった。しかしその代わりに、エミリーに借りを作らせるような真似をすることになってしまったことを、セシルは申し訳なく思う。

「そうですけど……」

そして侍女であるエミリーには、一ヶ月の間この別荘でセシルがここにいるように偽装して貰うことになっていた。

「エミリー。乳母姉妹のあなたにこんな迷惑をかけて、申し訳ないと思っているわ。でも一ヶ月を待たなくても、諦めがついたらすぐに帰ってくるから、我慢して欲しいの」

幼い頃からずっと傍にいて、いつも親身になってくれるエミリーには、感謝してもしきれないぐらいだった。本来なら巻き込みたくはなかったのだが、背に腹は替えられない。

「本当に、すぐに帰ってくださいよ。旦那様に知られたら、私たちはお屋敷を首になってしまいます」

セシルを溺愛しているスタンリーに知れれば、普段は優しい父が激怒してしまうのは目に見えていた。必ず気づかれないようにしなければならない。

「解っているわ。だからなにかあったら、すぐに知らせてちょうだい」

エミリーとの手紙の受け渡しは、オズウェルを通じてすることになっている。園丁《ガーデナー》たちは、侍女よりも頻繁に王宮の外へ出ることができるからだ。

そうしてセシルは使用人のお仕着せ服に着替えて、コートネイ家の別荘から対岸にあるリナフルーレ宮殿へと向かった。

第二章　口先だけの甘い嘘

リナフルーレ宮殿でセシルは、エミリーの名前を名乗ることになっていた。

これまでの仕事の経歴も、彼女のものを使っている。そうすれば、ずっと傍にいたエミリーのことなのだから、咄嗟《とっさ》のときにも、すぐに誤魔化すことができるからだ。

「それじゃあエミリー、東翼《とうよく》の四階にあるテラスの掃除から始めてちょうだい」

侍女頭の言葉に、セシルは素直に従う。

「かしこまりました」

セシルは運が良かった。リナフルーレ宮殿の地下にある使用人たちの部屋はふたり部屋が基本なのだが、ちょうど空きがあって、新しい侍女が来るまでの間は、ひとりで使わせて貰えることになったのだ。そのおかげで、別荘で待っているエミリーへの手紙を、同僚たちに隠れることなく部屋で書くことができる。

幸運に感謝しながら、色々な掃除道具を手に階段《ステアケース》を登っていく。

セシルが着ているお仕着せの服は、宮殿の侍女の多くが着ているものだ。仕事や地位によって形が違うが、セシルの着ているのは裾の広がった黒いワンピースに白い衿《えり》と袖口がついていて、ふんわりとしたエプロンがついている。

髪はきっちりと纏めて白いキャップを被るのがきまりだ。顔を隠すために、銀のスクエアフレームの伊達眼鏡《だてめがね》をかけると、人目を引く顔立ちをかなり隠すことができた。化粧もしていないため、一見かなり落ち着いた雰囲気に見える。

これで知り合いに出会ったとしても、セシルだとは気づかれないだろう。

完璧な変装に満足しながらセシルは、柔らかな布を手に、テラスの窓ふきを始めた。

約一年の間、様々なメイドの仕事を覚えてきたセシルは、どんなことでも完璧にこなすことができる。しかし掃除担当の身で、アルフォンスのことをどれだけ知ることができるのだろうか。

使用人とは本来、主人と言葉を交わすことなく、空気のように息を潜めて仕事をしなければならない存在だ。このまま一度も近づく機会もないまま、一ヶ月が過ぎる可能性もある。

そんな不安を覚えながら、執拗な汚れに思わずガラスにそっと息を吹きかけたときだった。窓の向こうから、じっとこちらを眺める青年の姿に、セシルは思わず目を瞠る。

そこにいたのはアルフォンスだった。東翼の四階。どうやらそこは王子のアパルトマンのある場所だったらしい。

軍服に似た漆黒の略式礼装を身に纏い、目映いブロンドに、宝石のようなサファイアブルーの瞳をしたアルフォンスは、物憂《ものう》げな表情でこちらを見ている。

放心しながら、その様子を見ていたセシルだったが、慌てて柱の陰に隠れた。彼は考えごとをしているだけで、セシルを見ているわけではないのだと気づく。

使用人は必要時以外、主人の前に姿を現してはいけない決まりだ。すれ違ってしまったときでも、物陰に隠れて背を向け、息を潜めなければならない。セシルが慌ててベランダの柱に隠れると、アルフォンスが彼女のいるテラスへと廊下から出てくる音が聞こえた。

「あ……っ」

セシルは急いで掃除道具を揃えると、反対側の扉から逃げるようにして、立ち去ろうとする。しかしアルフォンスは、不思議なことに声をかけてきた。

「君は……、いつからここで働いているんだ?」

見覚えのない侍女を見つけて、アルフォンスは訝《いぶか》しく思ったのかもしれない。

「今日からです。宜しくお願いします、王子様」

思わず貴族の令嬢のようにお辞儀をしそうになるのを堪えて、セシルは頭を下げた。

「そうか。君にはどこかで出会った気がするのだが、記憶違いだろうか」

ギクリと身体が強張《こわば》る。二年も前に、戯《たわむ》れにキスしただけの相手を、アルフォンスは覚えていたのだろうか。

「……っ!?」

セシルは緊張に息を飲む。しかし平静を装って、笑顔で言い返す。

「私には王子様にお目にかかる機会など、ございませんでしたわ」

動揺のあまり気位の高い喋《しゃべ》り方になってしまったことに気づき、セシルは頭を下げたまま顔を顰《しか》めた。

「……私の記憶違い……ね。まあいい」

アルフォンスはセシルの言葉遣いに気づかなかったのか、納得してくれたようだった。

ほっと息を吐くのも束の間、彼は踵《きびす》を返しながら言った。

「掃除が終わったら、私の部屋に来るように」

「えっ」

セシルは思わず声が裏返ってしまう。彼女はアルフォンスの傍に近づくために、身分や名前を偽って、リナフルーレ宮殿に潜伏したのだ。その望みがこんなにも早く叶うとは思ってもみなかった。

「なにか問題でも?」

首を傾《かし》げながらアルフォンスが尋ねる。

「いいえ。なにもございません。掃除が終わり次第、王子様のお部屋に参ります」

これ以上怪しまれるわけにはいかないセシルは、慌ててそう返すと、アルフォンスの部屋に行くことを約束したのだった。

◇ ◇ ◇

テラスの掃除を急いで終わらせたセシルは、掃除道具を片付けるとアルフォンスの部屋へと向かった。そして繊細で優美な金の装飾がされた真っ白く大きな扉の前で、セシルは息を飲む。

同僚に部屋の場所を聞いて来たのだが、王子自らに部屋へと呼ばれた者は、侍女の中でも殆どいないらしい。いったい、なんの用だというのだろうか。

もしかして変装して、リナフルーレ宮殿にやって来ていることを看破されてしまったのか、……と不安が募る。しかしアルフォンスは、セシルのことなど覚えていないはずだ。

解るはずがないと、覚悟を決めて扉をノックする。

「失礼します。先ほど部屋に来るようにと申し受けた者ですが」

「あぁ、待っていたよ」

頭を下げて入室すると、侯爵令嬢であるセシルが思わず言葉をなくしてしまうほど、豪奢な部屋が目に入る。

大きな鏡の下に、部屋を暖めるためのトルコブルーの大理石で造られたマントルピースがあり、天井からはクリスタルガラスの目映いシャンデリアが下がっていた。サイドボードに施された精緻《せいち》な金の壁細工や飾り棚、薔薇《ばら》の描かれた布地が張られた長椅子や肘かけ椅子、ライティング・テーブルなど、すべてが芸術的なほどの美しさだ。

思わず呆気に取られそうになるのを堪え、セシルは恭しく扉の隣で頭を下げた。

「王子様。なにかご用でしょうか」

するとライティング・テーブルに向かった彼は書類に顔を向けたまま、セシルに言った。

「紅茶を淹《い》れてくれないか」

「……?」

紅茶なら、掃除をしていたセシルに言わなくとも、階下へと通じる呼び鈴を鳴らせば、すぐに用意されるはずだった。思わずセシルは首を傾げるが、主人の命令は絶対だということを思い出し、もう一度頭を下げる。

「かしこまりました。すぐにご用意致します」

部屋には目映《まばゆ》い銀のティーセットが用意されていた。

花や葉が浮き彫りにされた銀のケトルにアルコールランプで火をかけて、セシルは紅茶を淹れ始める。

「お茶受けはいかがなさいますか」

部屋に紅茶のセットは用意されているがお菓子の類は置かれていない。

厨房でなにか貰って来ようかと思ったセシルは、アルフォンスに尋ねる。

「あぁ、なにもいらない。ミルクと砂糖も必要ない、ストレートで頼む」

サーヴィング・セットは白磁《はくじ》に金で内側に花の描かれたものだ。これに琥珀《こはく》色の紅茶を注げば、どれほど美しく彩られるのだろうかと、溜息《ためいき》が出そうになる。そうしてセシルは、ティーキャディーから茶葉を掬《すく》い、ポットに入れると慣れた手つきで紅茶を淹れていった。

これはすべてコートネイ家の家令《ハウス・スチュワード》であるオズウェルに仕込まれたものだ。容赦《ようしゃ》ない扱《しご》きに、セシルは習っている間、エミリーと同じく彼が陰険な悪魔に見えて仕方がなかったのだが、今は、そのことに深く感謝していた。

紅茶をカップに注いで、銀のティースプーンを添えて、セシルは書類に向かっているアルフォンスの下へと運んだ。

「どうぞ」

オズウェルに合格を貰えるほどの腕になったものの、実際にセシルが淹れた紅茶を口にしたのはエミリーとオズウェルだけだ。他の人に飲んで貰ったことのないセシルは心配になって、アルフォンスの様子を窺《うかが》ってしまう。

「うん、おいしい。どこで習ったんだ？」

優雅な手つきで紅茶を啜《すす》ったアルフォンスは満足げに頷く。その様子にセシルは、安堵《あんど》の息を吐いた。

「……以前、勤めていた屋敷です」

家令《ハウス・スチュワード》に……と思わず正直に言いそうになるのを堪えて、そう答えると、彼は愉しそうに口角を上げて笑ってみせる。

「……へぇ」

セシルはアルフォンスの笑い方が、なにか含みを持っている気がしてならなかった。しかし尋ねるわけにもいかない。

「ご用はお済みですか？　それなら下がらせていただきますが」

「あぁ、部屋の掃除でもして貰うかな」

退出しようとしていたセシルは、アルフォンスの言葉に困惑する。

「お部屋の掃除でしたら、王子様がお出かけの際、担当の者がさせていただいていると思いますが……」

主人が部屋を使用している際に、侍女が掃除をすることは通常ならあり得ない。それに部屋を見渡してみても、どこも汚れてはいない。急いで掃除しなければならないとは思えなかった。

「今日から君は私の傍付きになった。逆らわず言う通りにするんだ」

「え……私は新入りですが、宜しいのですか」

王家の傍付き使用人といえば、長年働いた実績と信用がある者ばかりだ。通常なら、今日リナフルーレ宮殿で働き始めたばかりのセシルが、なれるものではない。

「あぁ、普段私の世話を頼んでいる乳母が、娘の嫁ぎ先に行ってしまってね。困っていたんだ。職務に慣れた者は私に干渉しようとする者が多いから、新人が都合良い。一カ月だけでいいから、宜しく頼むよ」

アルフォンスは理由を説明したが、セシルは腑《ふ》に落ちなかった。

だからといって、今日来たばかりの者を傍に置くのは、おかしいのではないだろうか。

「……そういうことでしたら……、掃除させていただきます」

王子が決めたことだ。疑問に思っても逆らうわけにはいかない。

言われた通り、セシルはできるだけ物音を立てないように掃除を始めることにする。

王子を盗み見ると、真剣な様子で書類に向かっていた。この部屋では邪魔になってしまうかもしれないと、隣の部屋に行くとダマスク織のヴァランスと幾重にも重なったドレープを巡らせた天蓋《てんがい》ベッドの置かれた寝室だった。その奥にある二つの扉は、浴室《バス・ルーム》と衣装部屋だろうか。

「掃除は行き届いているみたいだけれど……」

首を傾げながらも、ひとまず寝室から掃除しようとすると、気づかぬ間に真後ろに立っていたアルフォンスが、囁くように言った。

「そうだな。ここは必要ないから、隣に戻ってくれるかい」

「きゃっ」

ビクリと身体を引き攣《つ》らせたセシルは、驚きながらも頭を下げる。

「勝手なことをしてしまいました。申し訳ございません」

「別に部屋の中は自由に歩いてくれて構わないけどね。掃除の前に、少し手伝ってくれないか」

そう言ってアルフォンスは、セシルをライティング・テーブルの椅子に座らせた。

「ここに座って」

なぜここに座らされるのかセシルには理解できない。

彼はすぐ後ろの窓際に腰かけて、何枚にもわたる手紙を読み始める。

「今から私が言う通りに、手紙の返事を書いてくれないか」

テーブルにはペンと、王室の人間のみが使うことが許されている、紋章入りの便箋《びんせん》が置かれていた。

「私が……ですか」

わざわざ代筆をさせる必要があるのだろうかと、首を傾げてしまう。

「あぁ、私は少々字が独創的らしくてね」

アルフォンスの意外な言葉に、思わずテーブルの上に目を向けると、書類に書かれた文字が目に入る。そこには暗号かと疑うような文字が書かれていた。彼の見た目からは到底考えられないような筆跡だ。

「……本当ですね」

呆気《あっけ》に取られながらも、笑ってしまいそうになるのを堪えていると、少し拗《す》ねた様子で、アルフォンスが言った。

「笑ってもいいんだよ」

アルフォンスの許しに、堪えようとしていた笑みが零《こぼ》れてしまう。

「……ふふ。……あっ、申し訳ございません」

すると、彼はしたり顔で続けた。

「気にしないでいい。私の筆跡を笑った使用人が、翌日から姿が見えなくなってしまったことがあるらしいけどね」

「笑っても良いとおっしゃったのは王子様ではないですか」

セシルは真っ青になって、アルフォンスを不安げに見つめた。王子への不敬罪で捕らえられてしまうかもしれないと心配したからだ。

「さっきのは、冗談だよ」

しかしアルフォンスは、すぐに戯《おど》けてみせる。

「脅《おど》かさないでください。そんなことをなさるのでしたら、手紙の代筆をお断りしますよ」

非難がましい視線を向けながら、セシルが言い返すと、アルフォンスは愉《たの》しげに肩をすくめてみせる。反論するセシルが、面白くて仕方ないらしい。

「主人を脅すとは、恐ろしい使用人だね」

「使用人を苛《いじ》めるなんて、恐ろしい主人だわ」

からかわれたのだと知ったセシルは、拗ねたように唇を尖らせてしまう。

「はは。上手い切り返しだ」

アルフォンスは声を立てて笑うと、持っていた手紙に一通り目を通した。手紙を読むアルフォンスの瞳はとても優しく、まるで愛しい者でも見つめるような眼差しだった。

誰からの手紙なのだろうか……もしかして女性なのか……と、セシルは手紙の相手が知りたくて堪らなかった。しかし使用人の身では詮索《せんさく》するわけにはいかない。

「冗談はこれぐらいにしよう。……今から私の言う通りに、書いてくれるかい」

「はい、解りました」

セシルはそう返事をして、彼の言葉に耳を傾け、一言一句残さずに書き取ろうとした。

「『……昨夜の美しい月に、愛しいあなたの面影を重ねてしまった、この愚かな男の恋心をどうかお笑いにならないでください』」

思いがけない言葉に、思わず手が止まってしまう。

「……え……」

手紙の内容は、恋人に送るものとしか思えない内容だった。

動揺するセシルに気づいたのか、アルフォンスは照れた様子で笑ってみせる。

「もうすぐ私は結婚することが決まっている。婚約者から手紙が届いたから、その返事を書くつもりが、こう字が汚くては百年の恋も冷められてしまうかもしれないと、不安になってね。君に手伝って貰えて、良かったよ」

そう説明したアルフォンスは、甘い言葉を並べ立てていく。

「手紙の内容を続けてもいいかな？　『たった一日、離れているだけでも、この心は張り裂けそうになる。あなたを妻として迎え、この腕に抱ける日が、待ち遠しくて仕方がない。あなたも同じ気持ちで、共に過ごせる日々の訪れを願っていると私は信じている』」

セシルは冷水を浴びせかけられたように真っ青になってしまっていた。

——アルフォンスが結婚する。それは予想もしていなかった事態だ。

彼のことを嫌いになることに気を取られすぎていて、いつも美しい令嬢たちに囲まれているアルフォンスが誰かのものになるなんて、セシルは思ってもみなかった。

彼の言葉を聞き取り、最後まで手紙を書くことができたのは奇跡だったと言える。

セシルは呆然としたまま黙り込む。しかし彼女が書いた手紙に目を通したアルフォンスは、彼女の気持ちに気づかず、嬉しそうに言った。

「サインは自分で入れるよ」

セシルの真横からアルフォンスがサインを入れると、微かに彼の纏《まと》う香水の匂いが漂う。

それは初めてアルフォンスと出会ったときに、彼がつけていたのと同じ官能的な香りだった。

「封印してくれないか」

セシルは暗い気持ちを抑えて、彼に言われた通り、封筒に蠟《ろう》を垂らしてアルフォンスの紋章で封印した。

「これでよろしいですか。手紙を届けて参りますが」

しかしアルフォンスは、愛おしそうに封筒に口づけると、微笑んでみせる。

「いや、これは私が直接届ける」

王子が直接手紙を届けるなど、聞いたことがない話だった。しかしそれほどまでに相手のことを深く想っているのだろう。

「王子様が……ですか」

思わず躊躇《ためら》いがちにセシルは聞き返した。

「いけないかい」

「いいえ」

差し出がましいことを口にして、首を突っ込める立場ではないことを思い出し、セシルは席を立つと頭を下げた。そしてすぐに退出しようとするのだが、すぐにアルフォンスに引き留められる。

「これが婚約者に貰った手紙だ」

アルフォンスの婚約者からの手紙など見たくはない。しかし彼は見せびらかしたくてしょうがないのか、手紙をセシルに差し出した。手紙は流麗《りゅうれい》な文字で、甘い言葉が何枚にもわたって綴《つづ》られたものだ。

「……仲睦《むつ》まじいご様子で羨《うらや》ましいです」

目の前がクラクラと揺らぎ始めていた。セシルはそう呟くのが精一杯だ。

アルフォンスが結婚する。しかも愛する人と。

自分が諦めることばかり考えていたセシルは、いつも貴族や令嬢たちに囲まれているアルフォンスが、誰かだけのものになるということを、考えてもみなかった。

自分と同じように、彼も誰かと結婚するのだ。いや、セシルは政略結婚で、彼の場合は愛する人と結婚するのだから、同じではない。

どうして、アルフォンスの愛を得るために努めないのかと言ったエミリーの言葉が、今さらながらに思い出される。

彼に愛されている顔も知らない女性が、セシルは羨ましくてならなかった。

「他にご用がないのでしたら、私はこれで……」

もう一度セシルは部屋から退出しようとした。次は引き留められても、外に出るつもりだった。でなければ、その場に泣き崩れてしまいそうだったからだ。しかしアルフォンスは、手紙を引き出しに入れると、セシルを引き留めてしまう。

「いや、私の用事のせいで疲れただろう。顔色が悪いよ。一緒にお茶でも飲まないか」

侍女が主人と一緒にお茶を飲むなど、許されることではない。

使用人の身分で、王子と共にアフタヌーン・ティーに興じるなど、誰かに知られれば、袋叩きにされてもおかしくない行為だ。

「いいえ。使用人の身でそのようなことは……」

眉根を寄せながら、セシルが辞退しようとするが、アルフォンスはそれを許さない。

「私が構わないと言っている」

「……解りました」

セシルが了承すると、階下への呼び鈴を鳴らした彼は、お菓子を部屋に運ばせた。

オレンジクリームと粉砂糖がたっぷり載ったバタフライケーキ、真っ赤なチェリーがこぼれ落ちそうなほど使われたタルト、シナモンやジンジャーをふんだんに使ったビスケット、さくさくに焼かれたメレンゲのキャラメルパイ、ブリオッシュや、砂糖菓子やボンボンなどが、ガラスの丸テーブルに並べられていく。ふわふわとした甘い匂いが、部屋中に漂い、セシルはお菓子に魅入られてしまう。

そして運んできた侍女が退出すると、美味《おい》しそうなお菓子の並んだガラスの丸テーブル近くの椅子に腰かけると、なぜかセシルを自分の膝の上に乗せて座らせる。

「お、王子様⁉」

目を丸くしながら、セシルは思わず声を上げた。

「どうかしたのか」

するとアルフォンスは、不思議そうに首を傾げてみせる。

「いつもこのようなことをされているのですか」

侍女を労うために、お茶を振る舞うまでは理解できた。本来ならばしてはいけないことだったが、セシルもエミリーに対して、頻繁《ひんぱん》にしていたからだ。

しかしこの状況はなにかが違う。

「……そういうことにしてくれて構わないよ」

悪びれもせずに言ってのけるアルフォンスに、セシルは唖然《あぜん》としてしまう。

婚約者のいる身で、平然と他の女性に触れるなんて、信じられない行為だ。それも逆らうことのできない侍女に対して。

初めて出会った夜。アルフォンスがセシルに強引にキスしたのも、彼にとってはいつも通りの戯《たわむ》れだったのだと思い知る。セシルは悲しみを抑え、責めるような眼差しでアルフォンスを見つめた。

「さっきまでの勢いがないな。男の膝に乗せられるのは初めてだということか」

「いいえ！」

本当は男性の膝に乗せられるなど、初めてだ。しかし怒りのあまり、セシルは嘘を吐いてしまう。

「ふぅん。……いつも男の膝に乗っているということか？」

アルフォンスのサファイアブルーの瞳に、冷たい光が宿る。その瞳に見つめられ、背筋に冷たいものが走るが、セシルはツンと顔を逸らしながら言い返した。

「個人的なことに答える義務はありません」

手練手管《てれんてくだ》に慣れたアルフォンスに、翻弄《ほんろう》されていることだけは、絶対に気づかれたくなかった。

「義務はある。君は私の傍付き侍女だ。私だけのものである君が、私の意に従うのは当然だろう」

身勝手な言葉に、セシルは呆然とした。雇用者といえども、使用人の心まで屈服させる権利などないはずだ。アルフォンスは、そんなことすら解らない人間なのだろうか。

「いつもは誰の膝に乗っているんだ？」

もう一度尋ねられた言葉に、セシルは冷たく言い返す。

「……恋人に決まっているでしょう。これで満足ですか」

「あぁ、とても……ね」

アルフォンスは密かに笑ってみせる。しかしその眼差しはとても冷たいものだ。

――そして。彼はいきなりセシルの唇を奪い、無理やり口づけた。

「……っ！」

強く塞がれる唇に、セシルは目を瞠った。そうして角度を変えて、深く口づけようとするアルフォンスの身体を強く押し返した。

「こ、婚約者のいる身で、こんなことをするべきではないわ！　いったいなにを考えていらっしゃるの。信じられない」

動揺のあまり侍女らしからぬ高圧的な物言いで、セシルはアルフォンスを責めてしまう。

「私に指図するのかい」

使用人の身で罵倒《ばとう》し、抵抗したセシルに対して、彼は怒るどころか、愉しげに笑ってみせる。そのことが、いっそうセシルを苛立《いらだ》たせる。

「たとえ王子様といえども、最低限の良識は守るべきです」

セシルは睨みつけるようにして叱責するが、彼は平然と言い返した。

「他の者になどしない。君が私のものだから……こうしているんだ」

セシルはアルフォンスのものなどではない。傍付き侍女だからと、キスなどしていいものではないのに。

「……っ。最低です」

彼には幻滅させられた。こんなことなら、リナフルーレ宮殿になど来るのではなかった。もうこの恋など諦める。セシルは、そう自分に言い聞かせたかった。それなのに目の前のこの横暴な男に、見つめられただけで、心臓が壊れてしまったかのように、高鳴ってしまうのだ。睨《ね》めつけるセシルと、怜悧《れいり》な眼差しを向けてくるアルフォンスの視線が絡む。

「私に刃向かうのか」

低い声音で、アルフォンスは脅しともとれるような言葉を告げた。

「こんなことは、侍女の仕事に入っていないはずです」

自分は間違ってなどいない。そうセシルは居すくみそうになるのを堪えて言い返す。

するとアルフォンスは、せせら笑いながら否定する。

「これも仕事のうちだと思うんだね」

「え……？」

戸惑うセシルは、窺うような眼差しで彼を見返した。

「私の望むようにするのが、君の務めだろう」

アルフォンスは、セシルを抱く手に力を込めた。腰を引き寄せられ、彼女は思わず身体を強張らせる。

「違います。私の仕事は王子様のお世話をさせていただくことです」

身の回りの世話をすることが、セシルの仕事のはずだった。口づけられたり、膝に乗せられたりすることが侍女の役目だとは思えない。

「だからこうして、世話をして貰っているんだろう」

「……いつも使用人に、こんなことをさせていらっしゃるのですか」

違うと言って欲しかった。いつも、こんなことをしている相手を、二年もの間、密かに想っていたなど、信じたくはない。

「好きにとるといい」

その返事は使用人ごときに、どう思われようが構わないということなのだろう。

悔しげに俯きながら、そっと唇を噛むセシルの腰が、いっそう強く引き寄せられる。

「あの？」

胸に倒れ込むような恰好になってしまい、セシルが息を飲むと、彼は艶然《えんぜん》とした笑みを浮かべた。

「お茶にしよう。なにか私に食べさせてくれないか？」

囁《ささや》く声はひどく甘い。言い返したくなるのを、セシルはぐっと堪え、これは仕事なのだと自分に言い聞かせた。

そうして一見、恋人同士としか見えない状況に、セシルは困惑しながらも、言いつけに従い、彼に薔薇《ばら》の形をした砂糖菓子をひとつ選んで食べさせる。

するとアルフォンスの形の良い唇に、微かにセシルの指が触れてしまう。彼の唇の柔らかな感触に、セシルが思わず硬直すると、彼は熱く濡れた舌で、彼女の指先を舐《な》めた。

ぞっとするほどの震えが、胃の奥まで駆け抜けていく。

「や……」

触れてはいけないものに当たってしまったかのように、セシルは慌てて指を引っ込めた。

「最近雇った、砂糖菓子職人《コンフェクショナー》の腕は確かみたいだな。とても、おいしい。……それとも甘いのは、君の手で食べさせて貰えたからかな」

侍女の指を舐めるような真似をしておきながら、アルフォンスは気にもしない風に、平然とそう続けてみせる。セシルは内心の動揺を必死に抑えて、冷たく言い返した。

「ご自分で食べられても、同じ味に決まっています」

その後も、渋々と言いつけに従うセシルを、アルフォンスはただ愉しげに見つめていたのだった。

◇　◇　◇

刻《とき》は少し遡《さかのぼ》る。

セシル・コートネイからの手紙を応接間《ドローイング・ルーム》で受け取ったアルフォンス・フレデリック・ブラッドレイは、逸《はや》る気持ちを抑えて、東翼の四階にあるアパルトマンに向かっていた。

——セシルを是非、自分の妻に。

そう願ったアルフォンスは、国王である父に結婚の承諾を取りつけた。

コートネイ家が侯爵《こうしゃく》という高い地位にあったことが、なによりの決め手になったのだ。

地位や身分など、アルフォンス自身はさほど興味はなかった。しかし王子としての立場もある。婚約者としての候補は幾人もいたため、反対されることも覚悟して、自分の意志を押し通そうとしていた彼は、あまりにも簡単に許可が下りたことに、拍子抜けしてしまったぐらいだった。

そうしてコートネイ家に使いを出し、アルフォンスはセシルに結婚を申し込んだ。すぐに結婚を受諾する返事が届いてから、彼は喜び勇んで幾度か手紙を書いた。しかしセシルから返事が来たのは今日が初めてだ。

アルフォンスはセシルからの手紙を大事に握り締め、自分の部屋へと向かっていく。いったいどのようなことが書かれているのだろうか。甘い愛の言葉か、それとも取り澄ました彼女のことだ、素っ気ない時候のあいさつの手紙かもしれない。

早く内容を確認したくて、アルフォンスは気持ちが急《せ》いてしまう。

「人払いをして、応接間《ドローイング・ルーム》で読めば良かったな」

アルフォンスの結婚が決まり、政務で忙しい父に代わって愛情を注ぎ、育ててくれた叔父も喜んでいた。

叔父は幼い頃から優れた学識を持ち人望も厚く、嫡子でないにもかかわらず次期国王としての誉れが高かった人物だ。しかし仲の良い兄との王位争いを辞するために、生涯独身でいると宣言している。国王は年の離れたこの叔父を溺愛《できあい》しており、息子であるアルフォンスに彼の名前を冠したぐらいだ。

アルフォンスは自分と同じように、生まれてくる子にも、叔父の名前をつけるつもりだ。そんなことをすれば、父が嫉妬《しっと》するに違いないから、国王の名も同時に冠する必要があるかもしれない。

セシルと自分の子が生まれる。そう思うだけでアルフォンスの顔が綻《ほころ》ぶ。

――そうして早足で廊下《ろうか》を歩いていたとき。

アルフォンスは、廊下から続くテラスで信じられないものを目の当たりにしてしまう。そこにあったのは窓に息を吹きかけ、懸命《けんめい》に侍女の姿で掃除をしているセシルの姿だった。彼女はお仕着せのエプロンドレスに身を包み、愛らしい顔を隠すようにスクエアの眼鏡をかけていた。しかし二年もの間、セシルを見つめていたアルフォンスが、彼女の姿を見間違えるはずもない。

セシルがなにをしているのか、日頃は機知に富んでいると評価されているアルフォンスですら、その事実を理解できない。

呆然としながらテラスに出てみると、セシルは慌てて顔を隠した。アルフォンスが追えば逃げる。いつもそうだ。教会の薔薇園でセシルを見かけて後を追ったときも、木陰に隠れられてしまったことが思い出された。

『君は……、いつからここで働いているんだ？』

そう声をかけると、変装を見破られていないと思っているらしいセシルが、恭《うやうや》しく頭を下げる。

『今日からです。宜しくお願いします、王子様』

彼女は、本当にアルフォンスを飽きさせない。それどころか翻弄《ほんろう》させ続ける。

そうして笑いを堪えながらアルフォンスは、彼女を部屋に呼びつけることにした。

セシルが部屋にやってくる前に、侍女頭に話しを聞いてみると、彼女は『エミリー』という偽名を使って、今日からリナフルーレ宮殿で侍女として働き始めているらしい。

どういった意図かは解らない。しかしせっかく近くに彼女がいるのだ。アルフォンスは、傍付き侍女として彼女を働かせることに決めた。

そうしてセシルからの手紙を読んでみると、誰かが代わりに書いたものだということはすぐに解った。むしろこれは、男が理想とする淑女《しゅくじょ》の姿だ。

彼女はこんな、つまらない女のような文章など書きはしないだろう。

大方、セシルの父がメイドに代筆させ、手紙の返事を書かせたに違いない。

試しにアルフォンスの部屋に来たセシルに、手紙の返事を書かせてみると、筆跡はまったく違う流麗《りゅうれい》な文字だった。几帳面さが滲《にじ》み出ている、とても好ましい字だ。

やはり、代筆か……と、アルフォンスは納得する。しかもどうやら彼女は、アルフォンスが結婚相手だということに気づいていない様子だった。

結婚が嫌で、侯爵の屋敷から逃げ出したのだろうか。しかし彼女の普段の様子からすれば、アルフォンスを嫌っていたようには思えない。

どうなっているのか。

セシルがなぜ、リナフルーレ宮殿で働き始めたのか、他愛のない話をしながら、アルフォンスは探り始めた。すると、どうやら恋人がいるらしいということが判明する。

『……恋人に決まっているでしょう。これで満足ですか』

憤る彼女の言葉。目の前が真っ赤になるほどの怒りを、アルフォンスは冷静の仮面を被って抑えていた。

いつの間に、どこで、誰と恋に落ちたというのか?

すべての貴族の男たちには、セシルに近づかないように深く釘を刺したつもりだ。この国の国王になるアルフォンスに逆らう者などいない。誰しもが美しいセシルを遠巻きにして、指を咥《くわ》えて見ていたのに。

——セシルは決して誰にも渡さない。邪魔するものはすべて排除してみせる。

人好きのする笑顔を浮かべながら、アルフォンスはどす黒い感情を隠して、そう固く心に誓っていた。

◇　◇　◇

セシルにとっての長い一日が終わろうとしていた。

夕食を摂るために、使用人専用の食堂に向かうと侍女たちが興味津々《きょうみしんしん》といった風に、尋ねてくる。

「王子様のお部屋で、なにをしていたの？」

「えっ」

掃除や手紙の代筆以外のことだろうかと、動揺するが、それを必死に隠しながら答えた。

「掃除とか、お茶とかの用意を……」

「嘘でしょう」

すかさず言い返され、セシルは黙り込んでしまう。

「……」

膝に乗せられ、あんな真似をさせられたことを聞いているのだろうか……と、セシルは困惑する。アルフォンスはいつもあんなことをしていると言っていたのだから、尋ねなくても皆、解っているはずなのに。

「王子様は身の回りのことを侍女に一切させない方なのよ。部屋も勝手に触られたくないとおっしゃって、乳母のアンナ様にしか掃除をさせてくださらないのに」

あんなことを、いつも使用人にさせていると言っていたのは、嘘だったのだろうか……。

いや、彼は好きに考えろと言っただけだった。アルフォンスがいつも、使用人にあんなことをしているのだと決めつけたのは、セシルの方だ。

「どうして、今日来たばかりのあなたに、王子様はお世話をさせるの？　狡《ずる》いわ」

先輩の侍女たちが、セシルを取り囲み睨みつけてくる。

「そんなことを言われても……」

なぜセシルにだけ世話をさせて、気安く膝に乗せるなど不謹慎《ふきんしん》なことまでしたのか、彼女自身が聞きたいぐらいだ。

「私も王子様のお世話がしたいのに」

「どうやって取り入ったのよ。答えなさい」

口々に責められるが、それはお門違いというものだ。

「今日、初めてお目にかかった方に、いきなり取り入ることなんてできないわ。考えれば解ることでしょう。理由が知りたいなら直接王子様に、聞いてくださらないかしら」

セシルは間違ったことを言ったつもりはなかった。しかし先輩侍女たちの気に障ったらしく、ムッとした表情で睨まれてしまう。

――失敗してしまった。

セシルがそう思っても、遅い。ぎくしゃくとした気まずい空気が流れるなか、アルフォンスの部屋の呼び鈴が階下に響く。

「早く行きなさいよ」

使用人にとって、主人からの呼び出しは、なによりも優先しなければならない事項だ。

周りを囲まれていたセシルに、通路が開かれる。

「失礼します」

その場を後にしたセシルの背中に、痛いほどの視線が突き刺さっていた。

◇　◇　◇

こういった諍《いさか》いに巻き込まれることに慣れていないセシルは、どうしていいか解らず、深い溜息を吐く。しかし今はそれどころではない。

アルフォンスの呼び出しを受け、彼の部屋の扉をノックすると、すぐに入室するように告げられる。

「ご用でございますか、王子様」

先ほど膝に乗せられたことが思い出される。セシルはアルフォンスに近づきたくなかったが、侍女の身では言いつけに従わなければならない。

「あぁ、入浴したいので、準備して貰えるか」

「かしこまりました」

一礼して部屋の奥へと入っていく。こんな遅い時間になっても、アルフォンスはまだライティング・テーブルに向かって、政務をこなしている様子だった。

先ほど階下で、侍女たちに聞いたことは、本当なのか……と聞きたかったが、無駄口などきかずに、仕事を優先しなければならない。

浴室《バス・ルーム》に向かったセシルは金の蛇口を捻《ひね》り、真っ白なバスタブにお湯を溜める。そしてリネン類を取りだして、入浴の準備していた彼女は、視線を感じて振り返った。すると浴室の入り口に凭《もた》れるようにして長い足を組み、アルフォンスが無言でこちらを眺めていた。

ギクリとセシルの身体が強張る。

「まだ用意は済んでおりませんので、もうしばらくお待ちいただけますか」

「あぁ、いいとも」

彼を気にしないでおこうと思っても、どうしても意識してしまう。

「……どうして、王子様は、そちらに立っておいでなのですか」

リネンを持つ手が震えそうになるのを、セシルは必死に堪えた。

「君の働いている姿を見ていてはいけないのか」

「なにも面白いことはないと思いますが」

セシルの内心の動揺をアルフォンスが知れば、さぞかし滑稽《こっけい》なことだろう。虚勢《きょせい》を張り、震える手を抑えて、仕事をしようとしている様など、愚かでならない。

「面白いかどうかを決めるのは私だと思うが？」

「どうぞご自由になさってください」

彼から目を逸《そ》らして、石けんを用意し始めると、衣擦れの音が入り口付近から聞こえてくる。どうやらアルフォンスは衣装を脱ぎ始めているらしかった。

セシルは慌てて声を荒立てる。

「お待ちください。まだ準備ができておりません！」

「湯ぐらい、すぐに溜まるだろう。……それより脱ぐのを手伝ってくれないか」

女性のドレスとは違い、アルフォンスの纏う衣装に、手伝いがいるようには思えなかった。それを脱がすことに、セシルは躊躇いを覚える。

「王子様は、身の回りのことを侍女にさせないのだと伺いましたが……」

「君は別だよ。私の傍付きだからね」

普段は自分でしていることを、傍付きの侍女が来たからといって、急に任せるものなのだろうか。セシルは不思議でならなかった。しかし仕事を覚えただけで、生まれつきの侯爵令嬢である彼女には、そのことが理解できない。

「……そういうものなのですか」

「あぁ、そうだ」

きっぱりと言い切られてしまっては、反論すること不可能だ。仕方なくアルフォンスに近づき、セシルは震える手で、彼の衣装のボタンを外していく。そんな彼女の様子を、アルフォンスは人の悪い笑みを浮かべたまま、じっと見下ろしていた。

――無意識に手が震える。お願いだから、見つめないで欲しかった。しかしそれを口にすれば、からかわれるのは目に見えている。

そうして苦労しながらアルフォンスの上着を脱がし、彼のベルトのバックルに手をかけたとき、ついにセシルは固まってしまう。これ以上はできない。できるはずがない。

「上着をお預かりします。後はご自由に。……就寝前になにかお飲み物をご用意しましょうか」

ふいっと顔を逸らして、立ち去ろうとするが、アルフォンスの手が、彼女の腕を摑んだ。

「……もう帰れると思っているのかい。まだ仕事は済んでいないよ。君には、私の背中を流して貰うつもりなのだから」

「そういったことはご自分でなさってくださいっ」

裸の男性の背中を流すなど、考えるだけで卒倒しそうだ。

「君が仕事をしてくれないなら、侍女頭に責任を問う必要があるみたいだね」

しかしアルフォンスは、セシルの抵抗を、卑怯《ひきょう》な言葉で封じてしまう。

「ひどいわ」

泣きそうな顔で文句を口にする間にも、アルフォンスはシャツやトラウザーズを脱ぎ、生まれたままの姿になってしまう。そうして顔を逸らすセシルを引き摺るようにして、彼はバスタブ近くまで、強引に連れていった。

「それが君の仕事だろう」

今すぐ逃げ出したかった。しかしこれが通常の侍女の仕事に入るのかどうか、セシルには解らない。

「……違います」

違うと信じたかった。貴族である父もメイドたちに身体を洗わせるような真似はしていなかった。リナフルーレ宮殿でも同じだはずだ。

「私が頼んでいるのだから、仕事のうちだよ」

目の前にあるのは、アルフォンスの裸だ。目のやり場に困って、セシルはツンと顔を逸らした。

「嫁入り前の女性にこんなことを頼むなんて、信じられません」

「……へぇ。人妻に頼むのは構わないのか」

言質《げんち》を取るような真似はしないで欲しかった。健康な成人男子が身体を人に洗わせるなど、誰が相手でも、するべきではない。

「こういうことは、ご自分の奥様に頼んでください」

肌に触れさせるような行為は、夫婦の間だけで為すべきことだ。侍女にさせるなど、あり得ない。

「まだ妻はいないものでね。背中ぐらい構わないだろう。それとも君は、私の身体に触れるのは、穢《けが》らわしくて嫌だとでも？」

そんな言い方をされては、しないわけにはいかなくなる。しかし自分の優位な立場を利用して、人を自由にするなんて最低の行為だ。

アルフォンスがこんな人間だとは思ってもみなかった。

――彼の本性を知って、嫌いになるということは、セシルの望み通りのことだった。これで充分、目的は達しているのだろう。

明日にでも、暇《いとま》を取らせて欲しいと、願い出ることを心に決め、セシルは仕方なく頷く。

「やらせていただきます……、口答えして申し訳ございません」

これが最後だ。もう二度とアルフォンスに近づいたりしない。そして父の下に帰り、フレデリック卿《きょう》の下へと嫁ぐ準備を始めるのだ。セシルは自分にそう言い聞かせる。

「後ろを向いてください」

石けんと絹を手に、セシルがそう告げると、アルフォンスは素直に従った。

「布で擦られるのは苦手でね。手で頼むよ」

しかし戸惑わずにはいられない注文をつけてくる。

「……っ？」

直に彼の肌に触れる。それがセシルにとって、どれほど大変なことかアルフォンスは気づきもしないのだろう。

染みひとつない美しい背中だった。しっとりと濡れている隆起した背骨が、ひどく淫靡に目に映り、セシルは思わず息を飲む。

石けんを泡立て、震える手で背中を擦る。なんだか卑猥な行為をしているようで、頬が赤く染まっていく。彼が背中を向けていることを、セシルは心から感謝していた。

アルフォンスの肌に触れて、赤くなっている様など、本人には決して見られたくなかった。

「くすぐったいね。もう少し、強くしてくれないか」

恐る恐る触れていたことを指摘され、セシルは逃げ出したくなるのを堪えて、アルフォンスの背中を乱暴に洗った。

「なんだか、背中に爪をたてられているみたいだな。……いやらしいね」

そんな風に言われたくなかった。無理やり背中を洗わせているのはアルフォンスの方なのだから。

「いやらしいのは、王子様の頭の中です！」

ムッとしながら、セシルが言い返すと、彼は喉の奥で笑いを噛み殺す。

「言うね」

そうしていきなりこちらを振り返ってしまう。そして突然の出来事に目を瞠《みは》ったセシルの手が、アルフォンスに掴まれた。

「なにをなさるのっ⁉」

裸の彼の下肢を見ないように、顔を上げると、アルフォンスが艶《つや》を帯びた表情で、彼女を見つめている。

「ついでにこちらも洗って貰おうかと思って」

掴まれた手を、筋肉質な彼の胸元に押しつけられ、思わず息を飲む。

「お戯れはお止しになって。……私、なにか王子様のお気に障《さわ》ることを致しましたか」

「どうして君は、そんな風に考えたんだ？」

心外だとばかりに、アルフォンスは首を傾げていた。

「……こんな嫌がらせばかりなさるなんて。……王子様が、私に仕事を辞めさせようとしているとしか思えません」

そんなことをしなくても、セシルは明日にでも暇を取らせて貰うつもりだった。初めから一ヶ月の猶予《ゆうよ》しかなかったのだ。早いか遅いかの違いだ。二度とアルフォンスに近づいたりしない。だから、もう放して欲しかった。

「自分の身体に触れさせるのが、嫌がらせだと言われるとは心外だな」

大仰に溜息を吐かれる。しかしセシルは、アルフォンスの肌に触れることが、嫌なのではない。――嫌だなんて思えるはずがない。

セシルが不愉快でならないのは、アルフォンスが恋人でもない相手に、無防備に肌を晒しているという事実だ。

「そういう意味では……」

「じゃあどういう意味なんだ」

意味を説明するのは、アルフォンスへの想いを告げるのと同じことだ。

アルフォンスのことが好きだから、人前で気軽に肌を晒していることが辛い……などと、本人には言えない。

「……っ」

セシルは黙り込んだまま、口を閉ざした。しかしこのままではいられない。

早く仕事を終わらせてしまおうと、アルフォンスの広い胸を洗い始めた。

「もう良いです。お申し付け通りに洗わせていただきますから、静かにしてください」

陰影のある筋肉質な胸元に、視線が奪われる。あまり凝視《ぎょうし》してはいけないと解っていても、美しい肢体《したい》から目が離せない。

セシルは指を滑らせ、強く擦るようにして、アルフォンスの肌を洗っていく。

もはや自暴自棄《じぼうじき》に近いほどの洗い方だった。

「もう少し、優しくして欲しいものだね」

クスクスと笑い声を上げながら、アルフォンスはセシルの耳元に顔を寄せて囁く。

浴室《バス・ルーム》の熱気に当てられたのか、目の前がクラクラし始める。

「力を弱くしたら、くすぐったいとおっしゃったではないですか」

いったいどうしろと言うのだと、セシルは非難の眼差しを向ける。

「なにごとも加減と慣れが大事だということだ」

目を逸らすと、彼の首筋を水滴が流れ落ちる様子が目に映る。アルフォンスの首元に唇を寄せて、その水滴を吸い上げたくなるような欲求に、セシルは駆られる。

……この場にいつまでもいては、頭がおかしくなってしまう。

一刻も早く仕事を済ませて、階下へと逃げようと考えているセシルを、アルフォンスはさらに追い詰める。

「解らないなら、私が直接教えてもいい。どんな強さがちょうどいいか、君の身体を洗って教えてあげようか」

反対にアルフォンスに身体を洗われるなど、冗談ではない。

「知りたくありません！」

彼を睨みつけながら、そう言い切ると、アルフォンスの胸に触れている手をじっと見下ろされる。

「そう……、自分の手で覚えたいということか」

セシルは、そんな意味で言ったつもりはなかった。これ以上なにを言っても、話にならない。アルフォンスには、なにを言っても無駄なのだろう。

「違います！　……もう、よろしいですかっ。私は下がらせていただきます」

ぷいっと顔を背けた瞬間、セシルの手がアルフォンスの下肢に押し当てられる。

「ひっ！」

指先に柔らかな感触があった。セシルはビクリと身体を引き攣《つ》らせて、硬直してしまう。

「こちらが、まだだろう」

アルフォンスはどこまで身体を洗わせるつもりなのだろうか。

指を離そうとするが、いっそう押しつけられてしまう。触れた指先の場所を正視することもできず、セシルは必死に腕を引こうとした。

「は、放してください。人を呼びますよっ！」

しかしアルフォンスの力強い手に掴まれ、離れることができない。

「なんて言って助けを呼ぶのか、教えて欲しいものだな。『王子に無理やり身体を触らされました。助けてください……』とか？　興味深いな。やってみるといい」

この宮殿にいるのは、皆、アルフォンスの味方ばかりだ。侍女の立場にあるセシルが助けを求めたとしても、不敬罪に問われるのはセシルの方に違いなかった。

「あなたは最低です」

深い海のようなエメラルドグリーンの瞳を潤ませ、セシルがアルフォンスを睨みつける。

「いいね。その顔。……とてもそそられる」

軽蔑《けいべつ》しきった眼差しを向けているというのに、彼は恋人を見つめるような恍惚《こうこつ》とした瞳でセシルを見下ろしていた。

「私は怒ってるんです。冗談はやめてください」

怒り心頭に発しているセシルに、アルフォンスは息がかかるほど、顔を近づけてくる。

「冗談？　私は本気で言っているつもりだけど？　ねぇ。……キスしてもいいかな」

彼はまったく話を聞いてはいない様子だった。端麗《たんれい》な面差しで唇を奪おうとしている。

「だめに決まっています！」

顔を背け肩口を揺らして、逃げようとするが、やはり離れられない。

力のない女性を力で押さえつけるなど、王子のすることではないだろう。

「どうして？」

「私は……っ」

結婚を前にした身だと言いかけて、口籠《くちご》もる。そのことは、アルフォンスに知られたくなかった。たとえ彼には好きな相手がいて、セシルのことを欠片《かけら》も考えていないと解っていても、それだけは知られたくない。

「……わ、私にキスしていいのは恋人だけです」

「そんな相手がいるのか」

恋人などいないセシルだったが、勢い余ってそう言ってしまう。真っ赤になりながら、セシルはさらに激高して言い返す。

「王子様に答える義務などありません」

するとアルフォンスは、セシルの手を放した代わりに、彼女の身体に片手を回して、逃れられないように抱き締める。セシルの身に纏うお仕着せの制服が、石けんの泡に塗《まみ》れてしまっていた。

「放し……っ」

「義務ならあるよ。君は私のものなのだから」

セシルが抗う間もなく、そう告げたアルフォンスは、いきなり彼女の唇を奪ってしまう。

「ん……っ！」

そうする間にも、アルフォンスの下肢に触れさせられた方の手で、陰茎《いんけい》を包み込まされる。柔らかな肉棒を掴む恰好となり、セシルは瞳を見開き、身体を硬直させた。

アルフォンスは、そのままゆっくりと泡に塗れた彼女の手に重ねたまま、指で自らの陰茎を扱き上げ始める。

「……やっ、……なにを……なさるの……っ」

手を離したくとも離すことができない。身を捩《よじ》って逃げようとするセシルの指の中で、肉茎は次第に熱を帯び、角度を持って勃《た》ち上がり始めていた。

「……放し……っ」

顔から火が噴きそうなほど、セシルの頬が熱くなっていた。包皮を擦り上げ、亀頭の根元まで持ち上げ、そして撫で下ろす行為を繰り返されていく。

「君の手で、隅々まで綺麗にして貰おうかと思ってね」

アルフォンスは平然とそう呟くが、これが肌を清める行為などではないのは、セシルにだって解ることだった。

「……も、……もう……これで……」

洗うだけなら充分のはずだった。繰り返し繰り返し、上下に扱かされ、充分に汚れなど落ちているはずだ。

「まだ……だよ。もっと洗って?」

息を乱した艶めかしい声音で、アルフォンスが囁く。それだけでセシルは卒倒してしまいそうになっていた。吹きかけられる吐息が熱い。触れた指先も熱くて、頭がおかしくなってしまいそうだった。

脈打つ裏筋を掠《かす》め、指がヌルヌルと肉棒に擦りつけられる。そして上から覆われるアルフォンスの手によって緩急《かんきゅう》をつけて、何度も何度も擦りつけさせられる行為が続いていく。

「洗……っ、終わ……」

恥ずかしさのあまり、セシルの瞳に涙が潤み始める。

途切れ途切れの声で、もう洗い終わっているはずだと訴えるが、聞き入れては貰えなかった。そのまま手を擦り続けていると、固い切っ先の先端から、先走りの液が滲《にじ》み始める。

「……私が良いと言うまで、続けるんだ」

掌が先端に触れさせられる。透明な液を塗り込むようにして、ふたたび肉棒を擦り続けると、卑猥《ひわい》な水音が大きくなり、息が止まりそうだった。

「……も……っ、無……」

もう無理だと、セシルは首を横に振ってアルフォンスに訴える。

「手の代わりに、口でしてくれるとでも？」

「ひ……っ！」

アルフォンスの信じられない言葉に、セシルはますます真っ赤になっていた。頭の中が茹《ゆ》だってしまいそうなほど、熱くて仕方がなかった。しかしアルフォンスの手は止まらない。無理やり肉茎を扱き上げる行為を続けさせられていく。

「で……できな……、そんなの」

「どうして？　したことがないから？」

火照った頬に、微かにアルフォンスの唇が触れる。乱れた熱い息がかかり、いっそうセシルの胸が苦しくなってしまう。

「口が嫌なら、抱いてもいいかい？」

このままアルフォンスに抱かれることなどできるはずがなかった。許されるはずがない。

「だ、だめ……っ」

セシルが必死に頭を横に振ると、耳元でクスクスと笑う声が聞こえてくる。どうやらからかわれただけだったらしい。しかしそれがなんの慰《なぐさ》めになるというのか。

涙に濡れたエメラルドグリーンの瞳を、アルフォンスに向け、セシルは歯を食い縛る。

「……そんな顔をされると、無理やりにでも抱きたくなってしまうな」

熱っぽい声で囁かれ、セシルは真っ青になった。

「いや……っ、やぁ……っ」

そしてついに固く瞼を閉じて、セシルが泣きそうな声で懇願《こんがん》したとき。

「残念。……では出すよ……っ」

――彼女を片手で抱き寄せるアルフォンスの身体が、ブルリと震える。

「んっ……」

そうして熱い飛沫《しぶき》が、セシルの手の中の肉茎からビュクッビュクッと立て続けに噴き上がったのだった。

「……あ、……あぁ……っ」

男の欲望の処理を、生まれて初めて手伝わされることとなったセシルは、石けんに混じる青臭い匂いに、クラクラとした眩暈《めまい》を覚えていた。

しばらく放心していた彼女だったが、衝動的にセシルはアルフォンスを突き放し、そして彼の頬を力の限り叩いた。小気味良い音が、浴　室《バス・ルーム》に響く。

「あ、あ、あなたは最低ですっ！　……誰にでも、こんなことさせるなんて……信じられないわ」

初めて出会ったときのように無理やり口づけ、その上、口にできないような行為を手伝わせたアルフォンスに、セシルはそう言い放つ。鼻の奥がツンと痛くなっていた。なにか喋ると、今すぐ泣いてしまいそうになるのを必死に堪える。

「これぐらい大したことでもないだろう？」

しかし悪びれるどころか薄い笑いを浮かべる彼を前に、セシルは慌てて背を向けた。

「私はこれで退出させていただきます……っ！　お休み前には、紅茶をお持ちしますから」

そうして、セシルは彼にそう言い残し、浴室《バス・ルーム》を走り去って行った。

◇◇◇

セシルが暗い気持ちで、階下にある自室に戻ると、オズウェルが訪ねてくる。

コートネイ家の家令《ハウス・スチュワード》として、かっちりとした燕尾《えんび》服を着て、髪を整えている姿しか見たことのなかったセシルは、彼の様相に驚く。

前髪は下ろされていて、いつもよりかなり若々しく見える。木綿のトラウザーズに腕捲りした白いシャツ、そしてサスペンダー姿になったオズウェルは、いかにも園丁《ガーデナー》といった出で立ちだが、姿勢が正しいため、少しアンバランスな印象を醸し出している。

この姿をエミリーに見せたら、きっと吹き出すに違いない。……そんなことを考えながら、セシルは首を傾げた。

「なにかあったの？」

同じリナフルーレ宮殿で働いているとはいえ、職種のまったく違うふたりが夜に話をしているのが見つかれば、同僚たちに関係を怪しまれる可能性もある。

ふたりは部屋の隙間に手紙を差し込んだりして、連絡を取り合うと約束していた。

その約束をいきなり破ったオズウェルに、セシルは緊急の事態が起きたのだと察して、理由を尋ねる。

「セシルお嬢様。今すぐ別荘にお戻りください。旦那様がお越しになったそうです」

告げられた言葉に、セシルは真っ青になった。別荘に彼女がいないことが父に知られれば、大変なことになってしまうだろう。

「こんな時間に？」

「どうやらギュンター卿の屋敷でチェスをした帰りに、寄られたようですね。今あなたは身支度をしていることになっています。急いでください」

ギュンター卿は父スタンリーの古くからの友人だったが、別荘からはかなり離れた場所に住んでいる。父は帰りに寄ったという言葉を口実にして、愛娘《まなむすめ》の顔を見ようとしたのだろう。

オズウェルの知らせを聞いたセシルは、他の侍女に就寝前に王子に紅茶を運ぶように願い出る。そして別荘へと向かうため、密かにリナフルーレ宮殿の外へと向かった。

人目につかぬように、裏口から外へと出ると、オズウェルが神妙な顔つきでセシルに言い聞かせる。

「こちらから、向かってくださ い。門番には話をつけてありますが、十二時を越える前にお戻りください。湖にかかる橋桁《はしげた》が上がってしまいますから」

橋桁が上がってしまうと、リナフルーレ宮殿に向かう道はすべて閉ざされ、セシルは戻れなくなってしまう。朝になって彼女がいないことに気づかれれば、騒ぎになるだろう。必ず間に合わせる必要がある。

「裏の林に馬が用意してあります。戻った際は、同じ場所に繋いでおいてください」

オズウェルは宮殿に残り、セシルがいないことを気づかれないように工作してくれることになっていた。ここからはひとりで別荘に向かわなくてはならない。

「解ったわ。ありがとう」

橋桁を渡った先にある森のなかに、オズウェルの話通り馬を見つけると、セシルはそれに跨り、別荘へと向かった。

乗馬は幼い頃から、貴族の嗜《たしな》みだと言って憚《はばか》らない父に仕込まれていた。まさかこんなことに役立つとは思ってもみなかった。

そうして辿り着いた別荘の裏口から、セシルは自室に戻ると、慌ててお仕着せの使用人服からドレスに着替えた。

「セシルはまだ来ないのか？　まさかこんな夜更けにどこかに出かけたのではないだろう

な！　オズウェルはなにをしているんだ。この別荘にいるのではないのか」

声を荒立てる父、スタンリーの声が廊下《ろうか》に響いていた。

「オズウェル様はお加減が悪いらしく今日はお休みしています。お嬢様でしたらすぐにいらっしゃいますから、もうしばらくお待ちください」

メイドのエミリーが泣きそうな声で、スタンリーを宥めていた。そんな中、セシルが欠伸《あくび》をするふりをしながら、階下に降りていくと父が嬉しそうに席を立つ。

「眠っていたのか？　まさかお前が別荘にいないのではないかと、思い始めていたところだぞ」

まさに父の言う通りだった。しかしセシルが侍女として宮殿で働いているなど、父に知られるわけにはいかない。

「なにを言っているのお父様。そんなわけないじゃない」

セシルは人に嘘を吐くことに慣れていなかった。罪悪感に苛《さいな》まれながらも、肩をすくめて、とぼけてみせる。

「式の準備もある。そろそろ屋敷に戻ってきてはどうだ」

そろそろ……と言っても、セシルが別荘に来てから二日しか経ってはいなかった。それなのに父の口調はまるで数ヶ月も経ってしまったかのような口ぶりだ。

「……結婚を承諾するための条件を反故《ほご》にしたいとおっしゃるのなら、私も同じことをさせていただくわ」

帰れと言うのなら、結婚は止めにすると暗に匂わせたセシルに、スタンリーは顔を顰めた。

「若い娘が、使用人を殆どつけずに、こんなところにいては危ないだろう」

使用人を連れてこなかったのは、セシルの不在を知らせないためだ。しかしそのことが父をいっそう不安にさせてしまっているらしい。

「お父様、なにをおっしゃるの？　国王様のお膝元より安全な場所なんて、この国にはないと思うわ」

リナフルーレ宮殿の周りにある湖の畔《ほとり》に来るまでには、麓《ふもと》を囲む屋敷壁を通らなければならないのだ。これは隣国と戦争が繰り返されていたときの名残《なごり》だと言われている。だからこの別荘地に盗賊や暴漢が出没する危険などなかった。

「だが……」

悲しげに俯くスタンリーを見かねたのか、傍に控えていたエミリーが、声をかけてくる。

「旦那様は、結婚前の残された貴重な時間を、セシル様と一緒に過ごしたいと願っておいでなのですよ」

もうすぐ大事な愛娘を花嫁として送り出すのだ。寂しい父の気持ちは解っているつもりだ。傍にいてあげたい気持ちは大きかったが、セシルはどうしてもアルフォンスへの気持ちを断ち切るために、彼の傍に行きたかったのだ。しかしもうそれも明日で終わりだ。セシルは早々に侍女を辞めて、父の待つ屋敷に戻るつもりだ。

だが穏便に済ませるためには、もう一度リナフルーレ宮殿に戻って、自分の口でその旨を申し出る必要があった。

「少し考えさせてくださるかしら。……私はもう休みます。お父様も遅くなる前に、早く帰られてはいかが」

「泊めてはくれんのか？」

ここに泊まるつもりだったらしいスタンリーは、怪訝《けげん》そうに尋ねてくる。もう夜も更けていた。泊まって欲しい気持ちはあったが、そんなことになればセシルが別荘にいないことが父に知られてしまう。

「そんなことをおっしゃるのでしたら、滞在期間を延長させていただきますわ」

セシルはスタンリーに申し訳なく思いながら、冷たくそうあしらう。すると父はしぶしぶ屋敷に戻ることに決めたようだった。

「なにかあったら、必ず連絡するんだぞ」

そう言って肩を落としながら、父スタンリーは馬車に乗って屋敷へと戻っていったのだった。その後ろ姿を見送りながら、セシルは深い息を吐く。

「旦那様。とてもお寂しそうでしたね。本当によろしいのですか」

エミリーがそう尋ねるが、言われなくても父の気持ちは解っていた。

「私は、今晩中にリナフルーレ宮殿に戻らなくてはならないのよ。でもお父様がここに泊まっては、明日の朝まで帰れなくなってしまうもの」

そう話をしながら、セシルは自室に戻ると、柱時計を見て息を飲んだ。時刻は十一時四十五分を過ぎていた。このままでは宮殿に戻るための橋桁が上がってしまう。

「早く戻らないと。お願いエミリー手伝って」

セシルは慌ててお仕着せの制服に着替えると、背中のホックをすべて止める間もなく馬に跨り、宮殿に戻っていく。

暗い夜道だというのに、セシルは急いで木立の間を駆け抜け、元に繋がれていた場所に馬を繋ぐ。そうして橋桁が上がる寸前に、セシルはリナフルーレ宮殿に駆け込むことができたのだった。

第三章　囚われた雛鳥

「紅茶なら、エミリーに頼んだはずだが」

エミリーとは、セシルがリナフルーレ宮殿で侍女として働くために使っている偽名だ。就寝前に紅茶を運んできた侍女を睨《ね》めつけ、アルフォンスは訝《いぶか》しげに眉根を寄せた。秀麗《しゅうれい》な美貌《びぼう》に険が混じる。息が詰まりそうな緊迫感が走り、侍女は深く頭を下げた。

「申し訳ございません。エミリーは用があるらしく、代わりを頼まれたのです」

「今すぐエミリーを探して、私の下に連れてこい」

唸《うな》るように低くくぐもった声で命じたアルフォンスに、侍女は平伏《ひれふ》すほどの勢いで頭を下げて答える。

「かしこまりました！　すぐに探して参ります」

アルフォンスは彼の側近も動員して、セシルの姿を探させた。しかし宮殿内に、彼女の姿は見当たらない。

「……」

浴室《バス・ルーム》でのことを怒って、宮殿の外に出てしまったのだろうか。

怒りに任せてやりすぎてしまったことをアルフォンスは深く悔い始めていた。そうして十二時を過ぎた頃、彼の下に知らせが入る。

セシルが見つかったのだ。しかし隣には最近園丁《ガーデナー》として雇われた男がいるらしかった。その男はセシルと同じく、コートネイ家から紹介されてやって来た男だった。

急ぎ向かったアパルトマンの書庫から、アルフォンスは階下を見下ろすと、裏門の方向から男と並び歩いていくセシルの姿を見つける。セシルの表情は、アルフォンスの目の前では見られないほど、愉しげだ。

そして男は、セシルの背中に回ると外れていたホックを留めていく。ふたりは庭園のどこかで、服を脱ぐような行為をしていたのかもしれない。

「……っ」

セシルの恋人は、アルフォンスが懸命に、釘を刺して回っていた貴族の男たちではなかったのだ。どうやら彼女はあの男を追うために、リナフルーレ宮殿で働き出したらしい。

「そこまでして、傍にいたかったと……?」

舞踏会で、頬を染めながら、遠巻きにアルフォンスを見つめるセシルの姿が思い出された。あのような物欲しげな顔つきで、自分を見つめていたというのに、彼女にとっての本命は別にいたのだ。

アルフォンスは、怒りのあまり目の前が真っ赤に染まるのを感じていた。

結婚の承諾は受けている。一ヶ月も経たぬ間にセシルは自分だけのものになる。

園丁《ガーデナー》ごときに渡すつもりはなかった。しかし、もしかしたら彼女はあの男と駆け落ちするつもりなのかもしれない。そう思うと、アルフォンスはいてもたってもいられなくなってしまう。

「すぐにセシル……いや、エミリーを、私の部屋に連れてくるように」

剣呑《けんのん》な眼差しを階下に向けながら、アルフォンスは側近にそう命じた。

◇◇◇

セシルがリナフルーレ宮殿の裏口から急いで戻ると、オズウェルが庭園の片隅で待っていた。

「間に合いましたね」

無表情でそう呟《つぶや》いたオズウェルは、セシルが着ているお仕着せの制服のホックがいくつか外れていることに気づき、それを留めてくれる。

「ありがとう。オズウェルがいなかったら、宮殿の外に出ることも、戻ることもできなかったわ」

オズウェルには感謝してもしきれないぐらいだ。心を込めてセシルがお礼を言うと、彼はうっすらと人の悪い笑みを浮かべてみせる。

「礼はいりませんよ。……それはエミリーにつけておきますから」

彼はいつも無表情で、相好を崩すことは殆《ほとん》どなかったが、エミリーのことに関すると、人が変わったようになってしまうのだ。

エミリーがこんな物騒な男に愛されてしまったことには同情を禁じ得ないが、おかげでセシルは宮殿に侍女として働くことができたのだ。そうしてエミリーがオズウェルに、恩に着せられてしまったことを内心深く謝罪する。

「屋敷に戻ったら、私からちゃんとお礼をするから、あまりエミリーを苛《いじ》めないであげて欲しいの」

もう皆、寝静まってしまったのか、辺りに人の気配はなかった。ふたりで並んで宮殿に戻りながら、セシルはそうオズウェルに頼んだ。

「人聞きの悪い。私がいつ彼女を苛めたというのですか」

「……自覚がないのかしら」

嬉々としてエミリーをからかうオズウェルの姿が思い出される。あれを苛めと言わずになんと称すればいいのか。

「価値観の相違というものですよ、お嬢様。エミリーのことは特別にかわいがっているだけのつもりです。そんなことより人目のない間に早く、部屋にお戻りください」

明日はまた早朝に起きて仕事を始めなくてはならない。皆の仕事が落ち着く昼過ぎになってから、暇《いとま》を願い出ようとセシルは心に決めた。

「解ったわ」

そうして彼女が部屋に戻ると、真っ青な顔をした先輩の侍女がセシルの部屋の前に立っていた。

「どこに行っていたの!?　王子様がすぐに部屋に来るようにって」

「こんな時間に!?　いったいどうなさったのかしら」

もう誰もが寝静まっているはずの時間だった。こんな時間に呼び出されるとは思ってもみなかったセシルは困惑する。

「王子様はずっとお待ちなのよ。早くお部屋に行きなさい」

セシルは階下から、急いでアルフォンスのアパルトマンに向かった。

彼の部屋の扉をノックするが返事がない。しかし鍵はかかっていないようだった。遅い時間なので、もう眠ってしまったのかもしれない。

「失礼します」

中を覗いてみると部屋は真っ暗だった。やはりアルフォンスはもう休んでいるのか……と、部屋の扉を閉めようとしたとき、いきなりセシルの身体が室内に引き摺り込まれる。

「……っ！」

気がつけば、セシルの身体は温かい胸に抱き締められていた。この感触と官能的な匂いには覚えがあった。アルフォンスに違いない。王子である彼と、侍女であるセシルが暗闇はずだ」

で抱き合っているなんて、あり得ない状況だ。

「遅い帰りだったね。いったいなにをしていたんだ」

彼は強引に、セシルを抱き寄せる真似をしておきながら、平然と尋ねてくる。

「申し訳ございません。急な用事がありまして」

「私の傍付き侍女である君が、ここに来る以上に急がなければならない理由なんて、ないはずだ」

どこに行っていたか詮索されては、答えようがない。セシルはなるべくアルフォンスの気に障らないように、静かに受け答える。

「……申し訳ございません。今後は気をつけます、王子様。こんな夜更けに、いったいどのようなご用なのですか」

先輩侍女の様子を見れば、かなり重要な用件で、セシルを捜し回っていたように思えた。

困惑しながら尋ねると、アルフォンスは肩をすくめてみせる。

「寝る前に紅茶を持ってくると言ったのは、君のはずだが」

確かに浴室《バス・ルーム》でセシルはアルフォンスにそう告げた。しかし代理を他の侍女に頼んだはずだった。嬉々としていた同僚の侍女の様子からすれば、忘れるとは思えない。

「……それは他の者に頼んだのですが……」

「私は君に頼んだつもりだけどね」

どうやらアルフォンスは、傍付き侍女であるセシル以外の人間が紅茶を持って来たことを不服に思っているらしかった。

「申し訳ございません。すぐに淹《い》れさせていただきます」

アルフォンスの腕の中から逃れて、ティーセットに向かったセシルはケトルに火をかけて、紅茶を淹れ始める。

すると彼は窓際に座って燭台《しょくだい》の蠟燭《ろうそく》に明かりを灯した。それでも部屋は薄暗い。シャンデリアは使わないのだろうか。セシルは不審に思いながらも、黙々と紅茶を淹れていた。

「良い天気だね」

月の柔らかな光が降り注ぎ、星の瞬く夜だ。

「そうですね」

眩しいほどの月明かりのおかげで森の中を馬で駆けることができたのだ。セシルはアルフォンスの呟きに素直に頷く。

「おかげで、書庫の窓から色々なものを見ることができたよ」

窓の外にある庭園を眺めながら、アルフォンスが薄く笑う。

「あの園丁《ガーデナー》とどこに行ってたんだい」

「……なんのことでしょう」

ギクリと身体が強張る。夜更けで皆は寝静まっていると安心していたのだが、アルフォンスに階上から見られてしまっていたらしかった。

「この期に及んで、まだ嘘を吐く気かい。君は傍付きの侍女であるにもかかわらず、仕事を放棄して、男と密会していただろう」

「密会などしておりません」

オズウェルには別荘から宮殿に戻る手引きをして貰っただけだ。決してアルフォンスのいうような関係ではない。

「仕事を抜けたことには、反論しないんだね」

「……」

侍女として職務に怠慢《たいまん》なことは、許されない行為だった。雇い主であるアルフォンスに見られてしまったのだから、言い訳のしようもない。

「申し訳ございません。仕事を抜けた責任を取り、本日で辞めさせていただきますので、どうか怒りをお鎮めください」

どちらにしろ、セシルはもう侍女を辞めるつもりだったのだ。二度とアルフォンスには近づかない。二度と彼を好きだなんて、思ったりしない。そう自分に言い聞かせる。

家に戻り、結婚の準備をするのだ。アルフォンスではない他の男に、セシルは一生を捧げて尽くしていくことになる。そうしてセシルは紅茶を淹れて去ろうとした。しかし後ろからいきなり近づいてきたアルフォンスに、腕を摑まれる。

「なにを……」

痛いぐらいの力だ。

「なにを……って、君にお仕置きをするつもりだけど？」

月明かりに照らされたアルフォンスの瞳に、剣呑な光が映っていた。

「ご不快でしたら、……私は本日限りで辞めさせていただくと申しております。二度とご不興を買うことはいたしません。どうかお許しください」

底知れぬ恐ろしさに堪えながら、セシルが繰り返し訴える。

「君が罰を受けないのなら、一日で仕事を辞めるような使用人を紹介したと、元の主人を罰せねばならなくなるな」

セシルはアルフォンスの言葉に、真っ青になった。彼女はコートネイ家のメイドであるエミリーだと偽って宮殿にやって来ていた。父はセシルがこんな真似をしているなんて、夢にも思ってはいないだろう。父だけではない。このままでは手引きしてくれたオズウェルとエミリーにまで迷惑をかけることになってしまう。

「王子様。どうか、それだけはお許しください」

懇願《こんがん》するセシルを前に、アルフォンスは満足そうに頷く。

「では辞めずに、ここで働くと約束するかい」

「はい……」

セシルは侍女を続けると、アルフォンスに約束するしかなかった。しかし一ヶ月後には、結婚を控えている身だった。このまま侍女で居続けられるわけもない。

どうすればいいのか。思案に暮れる彼女の手が、アルフォンスによって後ろ手に括《くく》り付けられる。

「なにをなさるの？」

セシルが眉根を寄せながら尋ねるが、返事はなかった。窓際にまで引き摺られ、今度は両足を開く恰好で肘かけ座椅子に縛られてしまう。これでは身動きが取れない。

「王子様。これはいったい」

「……罰を受けさせると言っただろう？」

そう言って彼はライティング・テーブルの引き出しから、拷問《ごうもん》用の黒い鞭《むち》を取りだした。仕置きをすると言った彼の言葉が思い出される。もしかしたら、鞭打つつもりなのかもしれない。

セシルは恐怖のあまり、コクリと息を飲む。

「最初に、……どうして宮殿で働くことになったのか教えて貰おうかな」

静かに尋ねられ、セシルは思わず俯いてしまう。理由など答えられるはずがなかった。アルフォンスへの恋心を諦めるために、近づいたなどと、本人に告げることはできない。

「それは……お給金がいいからで……」

使用人の給金の相場など侯爵令嬢であるセシルには解らない。当たり障りのない返答を考え、そう答える。

「君のように育ちの良さそうな人が、お金に困っているようには見えないな」

仕事には慣れていたが、物腰や受け答えなど、他の使用人とは異質なものを、感じてしまったのかもしれない。アルフォンスは、もしかしてスパイかなにかだと、セシルのことを勘違いしているのだろうか……と、不安になり始める。

「宮殿で働いてみたかっただけです……」

それは嘘ではなかった。リナフルーレ宮殿で働いて、アルフォンスに近づきたかったのだから。

「へぇ？」

彼は見たこともないほど、残虐《ざんぎやく》な笑みを浮かべる。

「てっきり好きな男を追いかけて、ここまで来たのかと思ったよ」

ギクリと身体が強張る。アルフォンスは自分の想いに気づいてしまったのだろうか。

真っ赤になるセシルの耳元に顔を寄せると、彼は低い声音で尋ねた。

「私の考えは間違いでなかったようだね。……それはあの男なのか」

セシルにはいったい誰のことを言っているのか、理解できなかった。思わず首を傾げてしまう。

「……？」

するとアルフォンスが続けて言った。

「君が庭園で会っていた男のことだ」

そのとき部屋がノックされて、王子の側近が一通の手紙を運んでくる。そして縛られているセシルに気づかないはずもないのに、顔色ひとつ変えずに、すぐに立ち去っていってしまう。

「その男が誰かに宛てた手紙を携えた者を、私の近衛兵が偶然、不審者として拘束したらしいよ。『親愛なるエミリーへ』……君のことだね」

それはオズウェルがエミリーへ当てた手紙だった。アルフォンスは封を開けて、手紙を読み上げる。

「『……慌ただしい一夜でした。今日のことは貸しにしておくことにします。愛らしいその唇に触れられると思うと、大人げもなく、この胸が高鳴る。共に過ごせる日を心待ちにしています』……か。熱烈だな」

オズウェルはセシルが宮殿で働く手伝いをしていることの他にも、父に気づかれないように手引きしたことのすべてを、エミリーに身体で対価を払わそうとしているらしい。

そして手紙の文面には、さらに恥ずかしいほどの愛の言葉が書き連ねられていた。

「ち、違います。……それは私のことでは……」

否定しようとするが、アルフォンスは誤魔化しだと思っているらしかった。

「他の男のために来たとでも言うのかい」

セシルはアルフォンスに近づくために、リナフルーレ宮殿にやって来たのだ。決してオズウェルに会いに来たわけではない。真っ赤になって俯くと、ますますアルフォンスは苛立った様子になってしまう。

「私がどのような理由で、ここに来たとしても、王子様には関係のない話です」

「関係ない……ね」

黒い鞭を指で弄《もてあそ》んでいた彼は、柄《え》に仕込まれていた短刀を引き出し、鋭い刃をセシルの胸元に当てた。冷たさに身体が強張る。

「身体に傷を負いたくなかったら、大人しくするといい」

そうしてアルフォンスは、セシルが身に纏《まと》っている、お仕着せの制服をエプロンごと引き裂いてしまう。

「いやっ……。なにをなさるのっ⁉」

制服の下に着ているシュミーズが透けて、胸の膨らみを露わにしていた。アルフォンスはセシルの胸の谷間に指をかけるようにして、そのまま薄い布地を引き裂いていく。

「私に逆らう反抗的な侍女に、分別を弁《わきま》えさせようと思ってね」

アルフォンスにじっと見下ろされ、セシルは身を捩ろうとするができない。肢体を隠そうとしても、両手を縛られているから、どうすることもできなかった。

「こ、こんなことして、許されると思っていらっしゃるの？」

恥ずかしさのあまり顔を歪めるセシルを前に、アルフォンスは歌うように優しく尋ねる。

「……誰が、この私を咎《とが》めると言うんだい」

誰もアルフォンスの暴挙を止める人間などいないだろう。ここに誰かを呼べたとしても、きっと王子である彼の手伝いをするに違いなかった。

「……っ！」

セシルは思わず息を飲む。すると彼女の身体を覆う布地を、アルフォンスが左右に開いていく。

「……いや、……、いや……っ、見ないで」

悲痛な声を上げるが、セシルの豊かな胸の膨らみが、彼の目前に晒された。

「いいや。身体の隅々まで、見せて貰うよ。そして君が私のものだという証を刻みつけるつもりだ」

証を刻みつける。焼き鏝《ごて》を押すということだろうか。恐怖から、セシルの背筋に冷たいものが走る。しかし彼の瞳に浮かんだ欲望に気づいたセシルは、そんなことではないと理解した。アルフォンスは、セシルを拘束したまま、抱こうとしているのだ。

彼女の柔らかな胸の膨らみを、アルフォンスは冷たい指で包み込む。

「私に、触らないで……っ」

どうして紅茶を運ばなかったぐらいで、このような罰を受けなければならないのか、セシルには解らない。アルフォンスはここまで非道な男だったのか。そんな人間に、恋心を抱いていたなんて、信じたくなかった。

「あの男以外には触れられたくないと？」

どうやらアルフォンスは、オズウェルのことを誤解しているらしい。しかしセシルは彼に別荘から宮殿に戻る手伝いをして貰っていただけだ。ずっと一緒にいたわけではない。

「違……っ」

否定しようとするセシルに、冷たい鞭が押し当てられた。黒い鞭は革製のもので、柔らかくしなるように鞣《なめ》されたものだ。

「正直に話さないなら、この鞭で君の綺麗な肌に、無残な裂傷をつくることになるけど、いいかい」

どれだけぶたれようとも、この気持ちをアルフォンスに話したくなかった。——言ってどうなるというのか。セシルは他の男の下に、一ヶ月後、嫁がなければならないのに。

「……私は、……王子様のものではないわ」

そうなれたら良かったのに。身分もなにもかも捨てて、愛人としてでも、傍に居続けられたなら……。しかしアルフォンスもまた、結婚を控えた身だ。このようなことを、してはならない。

「なにを言っているんだい。君と初めて出会ったときから、私のものにすると決めたんだ。逆らうことは許さない」

婚約者からの手紙を読む愛おしげなアルフォンスの姿が思い出された。あれほどまでに想う相手がいるのに、どうしてセシルを所有するようなことが言えるのだろうか。

「……お、……横暴よっ」

セシルはそう言い返した。しかしアルフォンスを睨めつけるエメラルドグリーンの瞳は憐れなほどに潤んでしまっていた。

「それが赦《ゆる》される立場だからね。羨《うらや》ましいかい」

艶《なま》めかしい手つきで、アルフォンスの掌がセシルの胸を揉みしだく。衝動的に身体が揺れそうになるのを、彼女は懸命に堪える。

「ん……っぅ……羨ましくなんて、……ないわ」

顔を背けるセシルの耳元に、唇を寄せたアルフォンスは熱い吐息を吹きかけながら、恍《こう》惚《こつ》とした声で囁く。

「君がなんと言おうと、全部私のものだ」

その言葉に、セシルの胃の奥がすくみ上がる。アルフォンスは濡れた舌を伸ばして、そのまま彼女の耳殻を擽《くすぐ》り、同時に胸の先端を抓《つま》み上げた。

「いいね。形も色も感触も、私の好みだ」

薄赤く敏感な先端が、アルフォンスの冷たい指に捏《こ》ね回されていく。身体を引き攣《つ》らせそうになるのを、セシルは息を飲んで堪えていた。

「……く……っんぅ」

ねっとりと熱い舌先が、無防備な耳孔へと差し込まれていった。ぞくりとした感触が身体を駆け抜け、セシルは固く瞼を閉じ、くすぐったさに堪える。

あられもない声を上げそうだった。やっとアルフォンスの傍に近づくことができたのに、彼の手によって、予想もできなかったほどの疼きが身体を苛んでいる。

——どうして。

どうして、こんなことをするのか、アルフォンスに尋ねたかった。しかし口を開けば、淫らな喘《あえ》ぎを洩らしそうで、セシルは必死に歯を食い縛る。

「君の胸はマシュマロみたいに柔らかい。熱すれば、泡となって蕩け出してしまいそうだね。……ずっとこうしたかったけれど、誰かの次だと思うと、殺意すら覚えるな」

　恥ずかしい言葉に、身体がカァッと熱くなっていく。

「……んん……っ」

　セシルは、アルフォンスに『嘘吐き』と叫びたかった。今日初めて出会ったはずの侍女に、ずっとこうしたかったなどと思えるわけがない。嫉妬《しっと》のような激しい感情を覚えるはずがないのに。

「……あぁ、固くなった。胸を弄られるのは好きかい？」

　アルフォンスの手の中で、薄赤い胸の突起が、ツンと固く尖っていく。堪えようとするのに、身体は心を裏切り、彼の手に応えてしまう。セシルは首を横に振って、それを否定した。

「……好きじゃ……ないわ……」

　こんなことが好きなわけがない。アルフォンスに愛されてもいないのに、身体に触れられて悦ぶなんて、あり得ないと信じたかった。

「そう？　自分ではそう思っているだけじゃないのか」

　指先でセシルの固くなった乳首の側面を、擦りつけながら、アルフォンスが尋ねる。

「ほら、吸われたくて堪らないみたいに、震えている」

　熟れ始めた果実のようにぷっくりと固く尖った先端は、彼の言う通り、小刻みに震えていた。これではいくら虚勢を張っても、感じていると言っているのも同然だ。

「い……嫌がっているからよ」

それでも感じていると認めたくなくて、セシルは反論の声を上げる。

「私に触れられたくない？　それは残念だね。君がどう思おうが、私は勝手に弄らせて貰うつもりだ」

反抗するセシルを責めるように、アルフォンスは爪を立てるようにして、乳首を捏ね回していく。

「やめて……ひっ、痛っ。いや……」

痛いのに。敏感な突起は身体中に疼きを走らせ、全身の熱を高ぶらせてしまう。

大きな胸の膨らみを揺らし、身体を引き攣《つ》らせるセシルの耳孔を、アルフォンスはいっそう強く舐め上げ、そして柔らかな耳朶を甘噛みする。

「気に入らないな。それ以上、君が嫌だと言い続けたらどうなるのかを、詳細に説明してあげようか」

いつまでも反抗すれば、先ほど脅したように、父のスタンリーを罪に問うと、アルフォンスは暗に脅していた。

「……ふっ……ん……んっ」

小刻みに身体を引き攣らせたセシルは、舌の付け根から溢れる唾をこくりと飲み干した。

「私に、こうされて嬉しいだろ」

嬉しくなどない。しかし頷かなければ、セシルのせいで父やオズウェルたちにも迷惑をかけてしまうことになる。

「返事は？」

セシルは潤んだエメラルドグリーンの瞳で、彼を睨みつけながら微かに頷く。

「いい顔だ。もっと泣かせたくなるね」

満足そうに頷いたアルフォンスは、セシルの耳朶から唇を離し、彼女の顔を覗き込む。

「私にキスをするんだ。服従の証に」

貪《むさぼ》り尽きたくなるような官能的な唇が、目の前にあった。しかし彼に口づけるということは、これからの行為を受け入れるということだ。

「できな……」

そんなことはできないと、訴えようとするセシルに、非道にもアルフォンスはさらに脅しをかけてくる。

「大人しくキスするんだ。他の者にも罰を与えて欲しくなければ……ね」

受け入れるしかなかった。ここでキスしなければ、セシルのせいで、名家であるコートネイ家は王家の不興を買ってしまうことになるのだから。

薄く唇を開いたセシルは、熱い吐息を漏らしながら、顔を傾ける。

「……ん……っ」

そうしてアルフォンスの唇に、そっと触れるだけのキスをした。

「いい子だ。そうして私の言う通りにしていれば、優しく抱いてやってもいい。ひどいことなんてしないよ」

触れてすぐに離れた唇が、強く押しつけられる。ジンとした痺《しび》れが、背筋を走っていく。拘束され、無理やり唇を奪われているのに、セシルの身体は歓喜を覚えているかのように戦慄《わなな》いていた。

「私は君を特別に想っているのだから」

甘く優しい声で囁くと、アルフォンスは仰け反ったセシルの首筋に唇を辿らせ、そのまま胸に顔を埋めた。鎖骨を擽るアルフォンスの艶やかな金髪《ブロンド》の感触に、いっそう身震いを覚えてしまう。

「いい匂いだ。ぞくぞくする」

アルフォンスは唇を開き、セシルの乳首を咥えると、ちゅっと強く吸い上げ、舐めしゃぶる行為を繰り返す。

「んっ……んんっ」

くすぐったさと疼きで、ビクビクと身体が跳ねる。しかし両手両足を縛られているため、微かに腰を揺らすしかできなかった。

「君の匂いしかしないな」

熱い舌先で、セシルの敏感な乳首の側面を擦りつけながら、アルフォンスはじっとセシルを見上げた。

「あの男は、ここに触れなかったのか？」

男とはオズウェルのことらしかった。彼がセシルに触れたことなど、一度としてあるわけがないのに。

「……どこも、……誰にも触らせないわ」

——そうアルフォンスにも、許したくはなかった。セシルの身体は、彼女だけのものだ。力ずくで押さえつけられるなど、真っ平だった。

「服を脱いでいたくせに」

オズウェルがお仕着せの制服のホックを留めてくれたのは、慌てて別荘を出たため、ちゃんと身につけることができていなかったからだ。

決して脱がされていたわけではない。しかしそんなことを、アルフォンスには話せない。

「あ、……あれは……。王子様には、関係ないわ……」

ぷいっと顔を逸らしたセシルに、苛立った声でアルフォンスが尋ねる。

「もう一度言ってごらん。誰が君に関係ないって？」

セシルの胸が嬲《なぶ》るようにして吸い上げられる。そしてアルフォンスのもう片方の鞭を持つ手が、乳首を押し潰すようにして、押しつけられていく。

「ひっ……っん……」

形が変わるほど強く鞭が押しつけられる。セシルは苦しげに眉根を寄せた。しかしアルフォンスは、セシルの胸の突起を熱い舌先で擽り、捏ね回す行為を繰り返す。

ぞくぞくとした痺れに、衝動的にセシルは身体を揺らすが、アルフォンスの唇は離れない。彼女は高ぶる体温に、魘《うな》されるように、瞳を細める。

「……んっ、んっ……」

アルフォンスはセシルの乳輪ごとむしゃぶりつく。敏感な突起を吸われる感触に、セシルは声を上げそうになるのを堪えていた。

「はっ……ふ……っんん」

すると身体を巡る熱が、行き場をなくして、さらに興奮を迫り上げてしまう。そうして彼は、乳首に舌を這わして、滴り落ちる唾液《だえき》を舐め上げると、唇を離して囁く。

「無理やり服従させられるのは好きかい。私はそんな趣味を持ち合わせていないのだけれど、君がどうしても……と言うのなら、望み通りにしてもいいよ」

セシルの透けるように白い腹部を、彼の長い指が這《は》っていく。下肢へと伸びていく手に、身体が強張る。

「……そ、そんなの……、好きじゃないわ」

セシルは吐き捨てるように言い返す。しかし必死の虚勢は、アルフォンスの怒りに火をつけてしまったようだった。

「……縛るだけで許してあげようと思っていたけど、気が変わったな」

低い声で彼はそう呟くと、セシルが下肢に穿いていたドロワーズを、短刀で引き裂く。熱く疼くセシルの秘裂が空気に晒され、肌が総毛立ってしまう。

「……なっ……なにを……するつもりなの……」

正気だとは思えなかった。女性を縛りつけ、秘部まで露わにするなんて、王子のすることだとは思えない。非難するセシルを意に介さず、アルフォンスは彼女が誰にも見せたことのない清らかな秘裂に、黒い鞭の柄を押しつける。

「なにをするのだと思う？　君にこれを、挿《い》れるのもいいね。……さぞかし白い肌に映えることだろう」

太く黒々とした鞭の柄を親指で撫でながら、アルフォンスはいっそう強く媚肉《びにく》にそれを押しつけていく。冷たく固い感触が、セシルは恐ろしくてならない。

「や……、やめて……」

彼の宝石のようなサファイアブルーの瞳に、冷たい影が映る。彼は冗談など言っていない。本気で言っているのだ。

「やめて欲しいなら、言う通りにするんだね。……服従させられるのが、好きだと言ってみてごらん」

ごりっと、しなる鞭の先がセシルの花びらのような突起に擦りつけられる。そして淫唇《いんしん》を探り当て、今にも押し込まれそうになっていた。

「いや……ぁ……っ」

身を捩《よじ》ろうとするが、叶わない。固い凶器を捩《ね》じ込まれるなど、ぜったいに嫌だった。

「……っ」

彼を睨みつけ、答えようとしないセシルに、アルフォンスは冷たく告げる。

「言いたくないなら、それでもいいよ」

そのまま鞭の先端が飲み込まされそうになったとき、セシルは悲鳴のような声を上げた。

「す……好き……！　これで満足なの？　満足したのなら、もう放してっ」

彼女のその言葉を聞いたアルフォンスは、うっすらと口角を上げて、微笑んだ。

しかし反対にセシルは、心にもない言葉を口にした屈辱感に、身を震わせる。

「いいね。その言葉。君の口から聞くと、ぞくぞくするよ。……あぁ、満足だとも。ちゃんと君の望み通りにしてあげよう」

アルフォンスは手にしていた鞭を絨毯《じゅうたん》の上に放り出すと、セシルの肩口に腕を回した。

そして先ほどまで鞭を押しつけていたセシルの秘裂に、指を辿《たど》らせる。

「おや、濡れてないみたいだね。あの男にどこまで許した？　キスだけ？　それとも服の上から弄《いじ》らせたのか」

彼はまだ、セシルとオズウェルの仲を誤解しているようだった。『関係ない』そう言っただけなのだから、当然かもしれない。

「……してな……。オ、……オズウェルとは……なにも……」

セシルは震える声でそう訴える。理由は説明できない。しかし信じて貰うしかない。

「オズウェル……ね。良い名前だ。これから私のもっとも嫌いな名前は、オズウェルにしよう」

憎々しげにオズウェルの名前を呼んだアルフォンスは、セシルの可憐な唇に、無理やり指を二本捩じ込んでくる。先ほどまで彼が触れていた革の匂いが、口腔から鼻先に走る。鋭敏な舌の上を、擦りつける指の感触にすら、喉の奥から欲求が募りそうだった。

「ふ……っ、んんっ」

苦しいのに、もっと奥まで暴かれたいような欲求さえ滾り始めてしまう。

「温かいな」

セシルの濡れた熱い舌先の感触を確かめるように、指が掻き回される。そうして唾液を滴らせた指をズルリと引き抜くと、ふたたび下肢に手を伸ばし、じっとりと湿った秘裂を割って、淫唇を探り当てた。

「あっ……さ、触らないで……」

声に出して、セシルは訴える。しかし願いが聞き届けられるはずがなかった。

「こっちも、同じぐらい温かいのかな」

そう言ってアルフォンスは、セシルの頬に唇を押し当てながら、なにも受け入れたことのない彼女の蕾《つぼみ》にヌブリと指を突き立てた。

「んっ、んんっっ」

一本の指が蕾を無理やり開かせ、奥へと押し込まれていく。痛みはなかった。仰け反りながら、なにかが内部を這い上がるような、ぞっとする感触に堪えていると、すぐにもう一本の指が咥え込まされる。

「……やぁ……っ」

ぐちぐちと二本の指が粘膜を強引に押し開き、搔き回される指に、引き伸ばされた襞《ひだ》が、痛みを走らせていた。

「……は……ふ……っい、痛っ……ぅ」

腰を引き攣らせ、悲痛な声を上げるセシルに、アルフォンスは指の動きを止める。

「……もしかして、まだあの男に抱かれていないのか」

カッとセシルの頬が、羞恥《しゅうち》から朱に染まってしまう。

悔《く》やしげにアルフォンスを睨みつけると、彼は感嘆した様子で、息を吐く。

「それは……気を急いた甲斐があったというものだね」

そうしてセシルの粘膜を無理やり押し開こうとしていた指を、引き抜いた。唾液と蜜《みつ》に濡れたその指を、アルフォンスは愛おしげに舌で舐め上げる。

「……っ！」

艶めかしい表情で一瞥《いちべつ》を向けられ、セシルの心臓は大きく跳ね上がる。

「初めてなら、優しくしてあげるよ。私はひどい男ではないからね」

セシルの心臓が壊れそうなほど、鼓動を速めていた。息を乱しながら、彼女はアルフォンスに訴える。

「……こ、こんな真似して、……どこが……。ひ、ひどくない……というの……っ」

しかし彼は悪びれもせずに、肩をすくめてみせた。

「自分のものに、所有の印を刻むことのなにが悪いんだ?」

セシルは誰のものでもない。それに国王の弟との結婚を控えた身だ。アルフォンスのものなどではないのに。

「……わ、私は……」

否定しようとするが、それに気づいたアルフォンスは彼女の唇を、口づけることで塞いでしまった。

「んっ……!」

セシルが顔を逸らそうとしても、無理やり唇が塞がれ、舌が押し込まれていく。

「……ふ……、ん……っ、んん……っ」

アルフォンスのぬるついた熱い舌が、淫らな動きでセシルの口腔《こうこう》を掻き回していた。敏感な舌の上を擦りつけられると、ビクビクと身体が跳ねる。こんなことは嫌だと訴えているのに、身悶えていたのでは説得力の欠片もない。

長い口づけを終えて、息を乱したセシルが呆然と彼を見上げる。アルフォンスは自嘲《じちょう》気味な笑いを浮かべながら、ねっとりとした舌で、セシルの口角を濡らす唾液を舐め上げた。

柔らかな唇を辿る、舌の感触にすら身体が震えてしまう。

「……君は私のものだよ。君がどれだけ否定しようと、そして逃げようとしても決して逃しはしない。……当然だろう?」

まるで愛の告白のような言葉に、セシルは息を飲む。好きでもない相手に、こんなことを告げる男だなんて思わなかった。アルフォンスなんて、嫌いだ。大嫌いだ。

――嫌いだと、セシルは何度も胸の中で繰り返すのに、それでも憎むことができない。

泣きそうに顔を歪めるセシルの足下に跪いたアルフォンスは、開かされた彼女の中心を見つめた。

「綺麗な色だ。……誰にも触れられていないなんて奇跡みたいなものだね」

誰もが見惚れるほど美しい顔を、セシルの秘された媚肉に近づけ、アルフォンスは長く濡れた舌を伸ばす。熱い吐息が吹きかかると、腹部の奥が引き攣るような感覚が身体に走っていた。

「わ……、私……なんて……誰も……」

美しく着飾った舞踏会でも、最近では誰にも声をかけられることすらなかったのだ。奇跡などではない。誰もセシルなど、求めはしないのだから。

「そう思っているのは、君だけだ」

濡れた舌先が震える花びらのような襞を擽《くすぐ》り、そして温かい唇が、それを咥える。

「……ンンッ」

今まで覚えのない感覚が、下肢から迫り上がり、セシルは大きく身体を仰け反らせた。

「あ……、あふ……っんん」

アルフォンスのぬるついた舌が、クチュクチュと卑猥《ひわい》な音を立てながら、敏感な突起を執拗に舐め上げていく。ジンとした痺れが、爪先まで駆け抜けていた。

「穢れを知らない君が、こんな風に汚されていくなんてかわいそうに」

包皮を剝いて、ふっくらと膨れた花芯を探り当てたアルフォンスは、押し潰すようにして舌でそれを弄び始める。

「ん……っ、……ふぁ……っ」

歯を食い縛り、感覚に堪えようとするが、鼻先から熱い吐息が漏れて、声を上げそうになってしまう。セシルは肩を揺らしながら、アルフォンスの舌から逃れようとするが、両手両足が拘束された身では、逃げることなどできない。

「……そんなこと、言うなら……放して……」

もうやめて欲しかった。――そして許して欲しかった。しかしどんな言葉を告げても、アルフォンスは行為をやめるどころか、いっそう執拗にセシルの身体を求め続ける。

「放してやるとも。君が抵抗する気力もなくす頃には……ね」

強くセシルの突起を吸い上げ、擽る行為を繰り返していたアルフォンスは舌を辿らせ、蜜を滲ませ始めた淫唇へ狙いを定めた。そうして溢れる蜜を舌で掬《すく》い上げて、蕾をそっと拓《ひら》いていく。

「……はぁ……んっ、んんっ。も……、もう……っ。な、舐めないで……いや……っ」

くすぐったさに声を上げ、きゅっと後孔を窄《すぼ》ませるセシルの言葉を聞かず、アルフォンスはさらに奥へと、舌を押し込む。

「舌……挿れちゃ……」

熱い粘膜を割って、長い舌が押し込まれる。クチュクチュと粘着質の水音が、下肢から聞こえていた。耳を塞ぎたくなるのに、手を動かすことができない。セシルはただ拘束された身体を揺らし、止めて欲しいとアルフォンスに訴えるしかなかった。

蜜口で蠢《うごめ》く感触に、柔らかな内股が震えを走らせていた。

「どうして？　気持ちいいんだろう」

舌を引き抜いた彼は、ふたたび指をセシルの蜜口に押し込むと、ゆっくりと襞を開かせていく。

「……気持ちよくな……ん……て……ないわ……っ」

下肢から迫り上がる痺れに釣られて、喉の奥から激しい欲求が突き上げる。溢れる唾液を必死に飲み下しながら、セシルは掠れた甘い声で訴えた。しかしアルフォンスは、彼女の言葉をなにも聞き入れようとはしない。

さらに指を増やし、襞を押し開く行為を繰り返す。柔襞《やわひだ》を開いて、挿入されたアルフォンスの指が、上下に引き抜かれ開かれるたびに、入り込んだ空気が、熱く濡れた襞を嬲っていた。

「ふ……っ……ん……んぅ……っ」

全身の熱が滾《たぎ》っていた。このまま病魔に冒され、命を落としてしまうのではないかと思うほど、熱くて堪らない。

「溢れてきたね。……噎《む》せ返るほど、濃い匂いだ……。こんなに私を興奮させたのは、君が初めてだよ。どうしてか解るかい」

　淫らな蜜が、肘かけ椅子に張られた布に染みをつくるほど、溢れ始めていた。同時に、彼の言うように、むっとするほどの淫らな匂いが漂う。

「し、しらな……っ」

　恥ずかしさに顔を背けるセシルの前で、アルフォンスは大仰に肩をすくめてみせる。

「興味がない？　悲しいね。私はこんなにも君を求めているのに」

　そして蜜口に突き入れた指を、大きく開いた。

「い……っ、や……ぁ……いや……拡げないで……」

　指の腹で粘膜を擦りつけ、彼は抽送を激しくしていく。それはまるで素っ気のないセシルを責め立てるように、執拗《しつよう》な動きだった。

「……ここも、慣れれば、もっとすぐに濡れるようになるよ」

　熱く疼く粘膜を伝って、蜜が溢れていく。これ以上、淫らな身体にされては、おかしくなってしまう。そんなことは嫌だと、セシルは頭を振って、アルフォンスの宣告を拒む。

「……慣れたりしな……っ」

　言いかけた言葉を飲み込む。彼の指が三本に増やされ、さらに震える襞が押し開かれたからだ。圧迫感に、下腹を引き攣らせながら、セシルは瞳を潤ませる。

　重ねた指をグチュグチュと音を立てながら抽送し、アルフォンスは嘲《あざけ》るような笑みを浮かべた。

「いいや。ここに私の形を覚え込ませて、欲しくて堪らなくなるぐらい、淫《みだ》らに変えてみせる」

今以上に、アルフォンスのことなど考えたくなかった。手の届かない相手なのだ。決して自分のものにならない立場の男だ。今以上に、頭の中だけではなく身体まで彼のことでいっぱいにされてしまっては、セシルはこの先、アルフォンスなしでは生きていけなくなってしまう。

「……や……っ、やめて……っ……お願……い」

啜り泣くようにしゃくりを上げ始めたセシルを前に、一瞬だけアルフォンスの手が止まる。しかしすぐに、抽送する動きを繰り返していく。

「泣いても許さないよ。……今日を逃せば、他の男を咥え込むかもしれない君なんて」

他の誰かになど、抱かれたくなかった。望んでそんなことをしたりしない。

一ヶ月後に、フレデリック卿のものになる、その日までは。

「しな……い……。そんなこと……しないわ……っ」

訴えながらも、疚《やま》しさからセシルはエメラルドグリーンの瞳を逸らした。すると、それに気づいたアルフォンスは、怜悧《れいり》な眼差しでセシルを睨めつけた。

「逃げるための嘘など、私には通用しない。……君は私に抱かれるんだ。いい加減、諦めるんだね」

そうしてアルフォンスは蜜に濡れそぼった指を引き抜くと、セシルの脚を拘束していた紐を片方だけ解いた。そしてトラウザーズから、男の欲望を引き摺《ず》り出し、彼女の目の前に晒したのだった。

「……あ……、あぁ……っ」

初めて目の当たりにする、憤《いきどお》った肉棒を前にセシルの身体が強張る。そして絶望に目の前が真っ暗になっていく。膨れ上がった肉棒の先端から、ぬらぬらとした透明な先走りが溢れているのが、蠟燭の明かりに照らされる。

緊張に身体を強張らせるセシルの片足を抱えて、アルフォンスは獰猛《どうもう》な肉茎を、熱く疼いた淫唇に押し当てた。

「いや……、挿れな……でっ、お願い」

懇願《こんがん》するセシルに、彼は薄い笑いを浮かべながら言い返す。

「だめだよ。これは罰なんだから。大人しく従わないと、君の元雇い主がどうなるか解らないけど、いいのかい」

元雇い主とは、父スタンリーのことだ。経歴を詐称《さしょう》して、リナフルーレ宮殿に入り込むのなら、もっと別の方法を考えるのだったと、今さらながらに後悔する。

「で……、でも……」

なにも知らないアルフォンスに、説明などできない。せめて考えを変えさせようと、セシルは必死に訴える。

「……こ、……こんなことされ……たら、……もう……、お嫁に……行けなくなってしまうわ……」

国王の弟であるフレデリック卿《きょう》と結婚する身だというのに、他の男に抱かれたことに気づかれたら、父はもっと重い罪に科せられてしまうかもしれない。

「そうだね。貞淑《ていしゅく》な花嫁を貰ったはずなのに、すでに他の男のお手つきになっているとは、あの男を、思ってもみないだろうね」

セシルの言葉に、アルフォンスはさらに誤解を深めていった。どうやら本当は家令《ハウス・スチュワード》であるオズウェルと彼女が結婚しようとしていると勘違いしているらしい。

「違……の……。……どうか……おやめになって……っ」

侍女だという立場も忘れ、気位の高い話し方のまま、セシルが懇願する。

アルフォンスは彼女を見下ろしながら、小さく唇を舐めた。

「いいね、その顔。……ぞくぞくする」

欲望を秘めたサファイアブルーの瞳が、セシルを射すくめる。

仔猫を撫でるように、彼はセシルの喉元を擽ると、言い聞かせるように告げた。

「君は私に抱かれるんだ。他の誰でもなく、この私に……ね」

アルフォンスの膨れ上がった固い切っ先が、セシルの蜜口へと強引に押し込められていく。濡れた襞が熱い肉棒に引き伸ばされ、メリメリと引き攣るような痛みが、突き上げる。

「だ……だめ……ぇ……っ、ひ……っ」

仰け反りながらセシルは腰を引かせようとする。しかし彼はさらに奥へと、滾る楔《たぎくさび》を穿っていった。

「……い……っ、痛っ……いの……」

膨れ上がった切っ先が、疼痛を走らせる粘膜を押し開き、抽送しながら、突き入れられていく。豊満なセシルの胸がブルリと震え、爪先が痛みに引き攣る。

「……んっ……んんっ」

喉の奥から突き上げる痺れと痛みに、嬌声《きょうせい》を上げそうになるのを堪えると、アルフォンスは彼女の汗ばむ首筋を舐め上げながら囁く。

「あぁ、すまないね。最初は辛いだろうけど、……きっと、すぐに慣れるよ」

無理に押し開かれた蜜口の接合部分から溢れる蜜に、鮮血が混じっていた。微《かす》かに鼻腔を血臭が擽る。それを見下ろしたアルフォンスは、愉しげな笑いを浮かべた。

「……本当に初めてだったんだね。嬉しいよ」

セシルの痛みに戦慄く肉筒を、アルフォンスの脈打つ肉茎が爆ぜる。奥深くまで熱が突き上げ、引き摺り出されると、ぞっとするほどの痺れが走り始めていた。

「……ん、ふ……ぁ……あぁっ」

グチュグチュと音を立てながら、容赦なく肉棒が抽送されていく。止めどなく溢れる蜜を掻き出すように、腰が押し回されると、腹の奥底でなにか別の生き物が蠢《うごめ》くような奇妙な感覚に苛まれる。

「はぁ……、はぁ……っ、ほら、もっと溢れてきた」

引き攣った膣肉《ちつ》の締めつけに、アルフォンスは息を乱しながらも、穿《うが》つ動きを止めようとはしない。

「んっ、んんっ！　あ、あぁっ、あ……っ」

セシルが眉根を寄せ、苦しげな喘ぎとともに熱い息を吐く。少しでも逃げようと、拘束された手足を動かす彼女を、アルフォンスはさらに責め立てた。

「赤いね。……君の純潔の証だ……」

熱く滾る欲望で最奥まで貫き、腰を押し回しながら、アルフォンスはセシルの唇を奪った。そして狂おしく唇を擦り合わせ、熱く濡れた舌を絡ませ、強く吸い上げていく。

歯列の裏を擦る舌先に、ビクリと身体が跳ねた。

大きく開いたセシルの唇から、堪らずに喘ぎが洩れる。

「はぁ……ふ……っ、……んんっ」

亀頭の根元まで引き抜かれた屹立が、大きく揺す振られ、セシルの最奥を突き上げていった。その衝撃に、セシルは爪先を引き攣らせ、艶めかしく腰を揺らしてしまう。

「ん……んんぅっ！」

脈打った肉棒の太い幹が、セシルの濡れそぼった淫唇を引き伸ばし、そして疼きを走らせていく。

「……も……、抜い……て……っ。許して……」

痛みに混じって湧き上がり始めた快感に戦き、身体を揺らしたセシルの脚を抱え直して、アルフォンスは肉棒を揺さ振り続けた。

「だめだよ。これぐらいじゃ終わらせない」

疼く襞が収縮し、滾る肉茎を強く締めつけると、堪えようもない愉悦が、身体を迫り上がり始める。

「……そん……な……、……ふぁ、……シン、あぁっ」

このままでは、おかしくなってしまう。

もっと欲しい、などとうわ言を洩らし、アルフォンスを求めてしまいそうだった。

「お願……もう……も……、やめ……っ」

切実な声を上げて、セシルが訴えるが、彼は聞こえてもいないかのように、肉棒を抽送し続ける。

「あぁ……、堪らないな……。想像以上だよ。こんなに私を虜にして、どうするつもりなんだい」

快感に下がり始めた子宮口が、固い切っ先にグリグリと擦りつけられ、セシルは身悶えながらエメラルドグリーンの瞳を潤ませて懇願した。

「……んっ……んんぅ……、だめ……、そこ……突かな……で……ぇ」

蠕動する襞が、アルフォンスの熱く灼けた肉棒を飲み込み、疼き上がる。

嘔吐《えず》きそうなほど突き上げられ、セシルは色白い喉を仰け反らせ、華奢《きゃしゃ》な腰を揺らした。

「ほら、奥まで突くと、私を締めつけて、欲しがるみたいに震えてる」

望んでなどいない。こんなことはしたくない。そう思っているのに、熱を穿たれるたびに、脳髄《のうずい》が蕩け出したように、頭の中が真っ白になっていく。

そして彼の腕で強く抱き締められたくて、堪らなくなってしまう。

「ほ、欲しくな……ん……て、……な……ぁ……ひンンぅッ」

膨れた花芯が、アルフォンスの指に捉えられ、クリクリと弧を描くように擦りつけられ始める。二ヶ所を同時に責め立てられ、セシルは堪えきれず、甘い嬌声を洩らした。

何度も何度も繰り返し擦りつけられる熱棒によって、身体の内から火傷《やけど》しそうなほど、昂ぶっていく。

「……んぁ……あっ、あぁっ、あぁぁ……っ」

のた打つように腰をくねらせ、豊満な胸を上下に跳ねさせる姿を、アルフォンスは人の悪い笑みを浮かべながら見つめていた。

「悦《よ》がり始めたくせに。……く……っ、そんな顔を見せられては、堪えられなくなってしまうね」

腰を押し回され、内壁の襞がビクビクと痙攣する。熱い熱棒が震える肉襞を擦りつけるたびに、ビクン、ビクンとセシルの身体が波打ってしまう。

「ふっ……っ、ん、んんっ」

ぞっとするほどの快感が花芯から迫り上がり、脳髄まで突き上げ始める。セシルは色白い喉元を仰け反らせながら、爪先を引き攣らせていた。

「……やぁ……も……っ」

しかし感じていることなど認めたくなくて、必死に頭を横に振って、助けを求めるような声を上げる。

艶めかしくお尻を引き攣らせるセシルの片足を抱え直したアルフォンスは、奥深くまで熱棒を突き上げ、グチュグチュと音を立てて掻き回す行為を繰り返す。

「ひ……ぅ……、んっ、んんっ」

敏感な花芯を嬲る手が激しくなる。それに合わせて自然とセシルの腰が揺れ始めてしまっていた。そのことがいっそう胸を掻き毟る。

「……も、……もぅ……や……ぁ……っ」

固く尖った胸の突起を揺らし、赤い唇を開きながら、セシルは悲痛な声を上げる。するとアルフォンスは、苦しげに息を乱しながら囁く。

「……一度、出してもいいかな。……もっと味わっていたいけど、限界だよ」

セシルの頭の中で警鐘が鳴り響く。だめだと。そんなことをされては、大変なことになってしまう。

「いや……っ、……出さないで……っ」

蜜口に咥え込まされた肉棒が脈打ち、グルリと掻き回すように濡れた柔襞を押し開く。今にも弾けそうな灼熱に、眩暈《めまい》がしそうだった。

「ひ……っ」

セシルは、アルフォンスの子供を孕《はら》むわけにはいかない。どうか今すぐ熱棒を抜いて欲しいと、泣きそうな瞳で訴える。

「このままもっと、……挿れていて欲しいのかい」

吐精を堪えたアルフォンスが、眉根を寄せながら、息を乱す。

「違……っ、わ、私……結婚するのよ……、こんなことしたら」

セシルは一ヶ月後には結婚を控えているのだ。他の男の子を宿しているかもしれない身体にされるわけにはいかない。

「あの男の下へ？　行かさないよ」

熱く太い幹が、ズチュヌチュと粘着質の卑猥な水音を立てながら、淫唇を嬲る。

「……そうじゃな……っ、あっ、あぁぁっ」

感じる場所を突き上げられ、内腿を震わせながら身悶えるセシルに、アルフォンスは吐精を促すように脅迫的な動きを繰り返す。激しい動きに、ギシギシと椅子が悲鳴のような軋みを上げる。

「君は永遠に私の傍にいるんだよ。あの男にまだ抱かれていなかったのは、好都合だった。このまま孕むまで毎日、ここに飲ませてあげよう」

恐ろしい言葉に、セシルは悲鳴のような鋭い声を発した。

「……だめ……っ、本当にだめ……っ、これ以上は……！」

双丘を震えさせ、腰を浮かして逃げようとするセシルを追い詰め、アルフォンスは子宮口に亀頭の先端を押しつけ、口角を上げてみせた。

「諦めるんだね。……君は私のものだと言っている」

だめだと、それだけは止めて欲しいと懇願するセシルの肉洞が戦慄き、収斂《しゅうれん》した襞が脈動する肉茎を咥え込む。

——そして。

「……おねが……抜い……ひぅ……っ！」

捩じ込まれた肉棒から熱い迸りが吹き上げ、最奥で弾ける。

「ひっ……あ、あぁッ……っ」

凄まじい快感が駆け抜け、セシルは身体を仰け反らせながら、一際高い嬌声を上げる。

ジンとした痺れが身体を駆け巡っていた。どっと汗が溢れる。

ヌブリと萎《な》えた肉棒が引き抜かれると、逆流した白濁《はくだく》が溢れ出したのだった。

「……う……、うぅ……」

泣きそうになり、しゃくりを上げても、涙は零れなかった。暗い気持ちに苛まれながら、セシルは瞼を伏せる。荒い息を繰り返しながら、ぐったりと肘付き座椅子に身体を預けたセシルの拘束を、アルフォンスはゆっくり解いていく。

「そんな顔しても、まだ終わらせてあげないよ」

アルフォンスは、これだけしても、まだ気が済まないらしかった。身を庇《かば》うように腕を回したセシルを抱きあげ、奥の寝室へと連れていく。

隣の部屋には、煌々《こうこう》とした明かりがつけられていた。

羞恥に身体を震わせ、セシルは申し訳程度に身を隠すお仕着せの制服を、必死に掻き合わせる。

「……もう……止めて……。どうして、こんなにひどいことをなさるの？」

「私がひどいって？　よく考えてごらん。残酷なのは君の方だよ」

彼の言葉の意味が解らず、呆然とするセシルの身体が、天蓋ベッドに横たえられる。

アルフォンスは、軍服のような衣装の上着を脱ぎ捨て、白いシャツのボタンを外していった。陰影のある筋肉質な胸元が露わになり、セシルは思わず目を逸らした。

すると彼はセシルに近づき、切り裂かれた制服を引き剝がしてしまう。

「いやっ、……もう……放して……っ」

その腕を振り払い、セシルは彼を睨みつける。しかし嘲笑を浮かべたアルフォンスはこともなげに呟く。

「なにごとも邪魔なものは、排除しておかないと。後々邪魔になってしまうからね」

裸に剝《む》かれたセシルは、自分の身を守るように腕で隠した。しかし身動《みじろ》ぎすると、ツキツキと痛みを走らせる肉筒からドロリとした液が溢れ始める。

それは、先ほど彼女の内壁にアルフォンスが放った白濁《はくだく》だった。

「ど……しよ……。私……、このままじゃ……」

セシルは憐れなほど、真っ青になって、項垂れながら内腿を擦り合わせる。しかし滲み出る白濁を止めることができない。

それに気づいたアルフォンスは、セシルの手を取って、無理やり下肢に触れさせる。

「私の子供を孕むわけにはいかないって？　なら今からでも、掻き出してみるかい。万が一にも助かるかもしれないよ」

焦燥に駆られたセシルは、その言葉に釣られて、衝動的に指を蜜口に差し込み、掻き出そうとした。

「出したら……本当に……？　……ん……っ、んん……っ」

たどたどしい手つきで、指を動かすセシルを、アルフォンスは冷ややかに見下ろしてくる。

「へぇ。……そんなことを自分でしたくなるぐらい、嫌だったのか」

こんなことをしても無駄なのだと、平静であったなら、解ったのかもしれない。しかし焦りのあまりセシルは分別がつかなくなってしまっていた。

「……はぁ……あ……っ、ぅん……っ」

蜜と白濁の入り交じった液に濡れた指が、ふっくらと膨れた肉襞に擦れると、痺れるような疼きが身体に走っていく。切なげに瞳を細めながら、熱い息を吐くセシルを、アルフォンスはベッドに俯せに押しつける。

「おやおや、大変そうだね。私が手伝ってあげようか」

押しつけがましい口調で、そう告げられる言葉に、セシルは嫌な予感を覚える。

「やめて……っ、もう……放っておいて」

狭く暗い階下の部屋に逃げ帰りたかった。潤む瞳でアルフォンスを振り返るが、俯せの恰好のまま脚を開かされる。

「そんなことはできないな。君は私のものなのだから。ちゃんと願い通りにしてあげるよ」

媚肉が空気に晒され、ヒクヒクと淫らに震えるのが、伝わってくる。アルフォンスはセシルの手を取って、無理やり蜜口に指先を押し込み、掻き出す行為を強要した。

「ほら、もっと、掻き出さないと、私の子を孕んでしまうかもしれないよ。頑張って」

リネンに顔を押しつけ、セシルは声を上げぬように歯を食い縛る。

「ふっ、ん……んんっ」

グチュグチュと音を立てて、繊細な指が抽送されていく。トロリとした白濁に混じり、身体の奥底から蜜が溢れ出してしまう。

「あぁ、指では掻き出せないみたいだね。やはり私が手伝ってあげるよ」

そう言ってアルフォンスはセシルの指を引き抜くと、こともあろうか、熱くそそり勃った切っ先を、濡れた蕾にあてがってくる。

「……っ！　そんな……っ」

何度も押し開かれ、綻《ほころ》んだ柔襞に、ふたたび脈打つ楔を咥え込まされていく。熱い切っ先が内壁を擦りつける感触に、ぶるりと震えが走っていく。

「ひ……んっ、……や……ぁ……、いやぁ……、どうして……っ」

これでは彼の欲望の残滓《ざんし》を掻き出した意味などなくなってしまう。

リネンにしがみつき、押し込まれる熱量に堪えようとするが、媚肉に押し潰され引き攣った花芯《かしん》が、先ほどよりもずっと激しい愉悦を運んでくる。

「あんな色っぽい姿を見せられたら、欲情するのは当然だ。本当に君は男心の解らない人だね」

固い切っ先で、熱く収縮するセシルの粘膜を繰り返し擦りつけながら、アルフォンスは、激しく腰を揺さ振り始める。

脈打つ肉棒に、腹の奥底を突き上げられるたびに、セシルの濡れた柔襞が収斂していた。

「ほら、指なんかよりずっと溢れてきた」

セシルの華奢な腰が摑まれ、後ろから突き上げられる。そのたびに亀頭の根元の窪みに掻き出された白濁が、接合部分から溢れ出していた。

「……はぁ……あ、あぁっ、……んんぅっ」

蜜と白濁の入り交じった淫らな液が、内腿をこぼれ落ちる。その微かな感触にすら、どうしようもなく身体が戦慄く。白濁と蜜を潤滑剤《じゅんかつざい》にして、ヌルヌルと抽送される熱棒に、ガクガクと身体が痙攣する。

「ほら、喜んだらどうだい？　君の望み通りに、掻き出してあげているんだ」

肉洞の奥底を抉《えぐ》られ、そして引き摺り出される行為が執拗《しつよう》に繰り返されていった。

「もう……いい……、いらな……っ」

脈打つ楔の熱さに、身体の中から蕩け出してしまいそうで、セシルは指が白くなるほど強くリネンにしがみついてしまう。ずり落ちそうな眼鏡を構う余裕もなく、セシルは必死に首を横に振っていた。

そうする間にも吹き出した汗が、背中で珠《たま》を結び、腹部へと滑り落ちていく。

「遠慮しなくて良いよ。ほら、もっと手伝ってあげるから」

アルフォンスが乱暴に腰を引き寄せ、ガクガクとセシルの身体を揺さ振った。すると、接合部分から、グプグプと粘着質の液が溢れる水音が、いっそう大きくなって耳を塞ぎたくて堪らなくなる。

「……ひぅ……、ん……っ、んんっ」

膝が脆《もろ》く崩れ落ちそうになっていた。しかしセシルの華奢な細腰を、アルフォンスに摑まれているため、離れることすらできない。

「かわいいね……。こんなに女の身体に夢中になったのは初めてだ。……もっと早くこうしていれば良かった」

ベッドに押しつけられた胸の切っ先がリネンに擦れる。固く尖った敏感な乳首が、ジクジクとした疼きを身体に走らせていた。

「……あ、あぁ……っ！」

彼の言葉の意味が解らず、セシルは背後を振り返ろうとするが、腰を押し回され、身体を痙攣させながら、背中を仰け反らせてしまう。

「やぁ……あ、あぁっ……ん……」

物欲しげに襞が熱く膨れ、アルフォンスの滾る欲望を締めつける。生々しい熱量と、卑猥な形が内部から伝わってきて、セシルは苦しげに吐息を漏らす。

「この恰好じゃ、君の顔が見られないな」

そうして灼《や》けつく楔に繋がれたまま、彼女の身体が仰向きに返される。

ふっと相好を崩し、アルフォンスは顔を綻ばせると、固く勃ち上がったセシルの乳首を指で弾いた。

ひどいその表情にすら、見惚れてしまって、セシルは泣きたくなってしまう。

「あぁ、いいね。全部見える」

見ないで欲しかった。強引に身体を押し開かれ、こんな恥ずかしい姿を、彼の目の前で露わにしているなんて、まるで悪夢のようだ。セシルは空気に晒された胸の膨らみを隠し、彼の身体を押し返そうとするが、非力な女の力ではビクともしなかった。

「もう辛くないんだろ。……気持ちよさそうな顔をしている」

アルフォンスが告げたように、もはや痛みはなかった。律動する肉棒に擦りつけられるたびに、湧き上がる疼きに翻弄され、衝動的に腰が揺れそうになってしまうぐらいだ。

「してな……、こんな……の、いや……っ」

自覚はあった。しかし快感を認めようとはせず、反抗する言葉を発するセシルの脚を、アルフォンスは抱え上げて、腰を浮かさせる。そしてそのまま胸が押し潰されるほど、身体を折り曲げられてしまう。

「どうしてだい。そんな顔では、嫌がっているようには見えないけどね」

熱く膨れ上がった肉茎の切っ先が嬲るように内壁を擦りつける。グチュグチュと淫らな音を立てながら、揺さ振られると、セシルの身体は揺りかごのように波打っていた。

「嫌なの……、本当に……っ」

セシルは頭を振ってアルフォンスの言葉を否定する。そして必死に彼を拒もうと、身体を引き攣らせた。

すると押し込めた肉棒を締めつけられる恰好となったアルフォンスが、深く息を吐く。

「もの覚えがいいね。もう男を悦ばせる術まで身につけたのかい」

彼を悦ばせるつもりなどなかった。

セシルは脳髄まで痺れさせるような愉悦から逃れようと、抵抗しただけなのだから。

「違……っ。しらな……、そんなの……、……しら……あ、あぁっ」

仰け反る身体がベッドに押さえつけられ、憤った肉茎がぐぷぬぷと泡立った音を立てて、抽送されていく。

唇から洩れる吐息が熱い。熱くて、茹だりそうなぐらいだった。

熱に浮かされたように、赤く熟れた唇を震わせて、セシルは濡れた舌を覗かせる。

「……はぁ……あっ、……はぁ……っ」

息を乱したセシルの淫唇を嬲るように、アルフォンスの腰が押し回されていく。膣肉を爆ぜ、縦横無尽に肉棒が突き上げられていく。

「ふぁ……ンンッ！　……あっ、……んん」

うねるような渦《うず》が、身体の奥底から湧き上がっていた。セシルの固く尖った乳首が、自分の膝に擦りつけられ、激しい疼きを迫り上がらせる。

「気持ちよくないって？　……物足りないなら、もっと触れてあげるよ」

抱えられていた片足が肩に担がれ、花芯がアルフォンスの巧みな指で嬲られ始める。

「……ひぅ……んっ、だめ……、そこ触らないで……っ」

鋭敏な花芯が快感を生み、身体の中心に雷が通されたような痺れが走っていた。ビクビクと腹部が痙攣し、内壁の奥深くから、止めどなく淫らな蜜が溢れ出す。

「そうかな？　締めつけが強くなっている。感じてるんだろ」

部屋に響くのはベッドの軋み。そして抽送される水音。肉を打つ破裂音。甘く掠《かす》れたような喘ぎ。壊れそうなほど高鳴る胸の鼓動。

そのすべてから耳を塞ぎたくて、セシルは必死に頭を横に振った。

「おか……し……くなる……っ、おねが……もう、……もういや……っ」

凄まじいほどの愉悦が駆け抜ける。蕩け出してしまいそうなほど、頭の中が真っ白になっていく。

「だめだよ。君は私のものだって。刻みつけるにはまだ足りない」

身体の中に襲いくる痺れに揉まれ、そのまま高みへと連れ去られそうなほどの、快感が身体を突き抜ける。

「……そんな……っ、あっ、ふ……んぁ……」

赤い唇を震わせ、快感にビクビクと身体を引き攣らせるセシルを見下ろしたアルフォンスはサファイアブルーの瞳を細め、溜息のように甘く囁く。

「愛している」

そんなひどい嘘を吐かないで欲しかった。

アルフォンスは他の女性を愛しているのだ。今だけの睦言などいらない。

「ねぇ、愛してるんだ。……聞こえてる？」

熱を帯びた声で、アルフォンスは狂おしげに繰り返す。

もう止めて欲しかった。これほどまでに、悲しくなったことなど、生まれてから一度もないほどに、泣きたくて堪らなくなってしまう。

「嘘……つかな……で……っ」

震える声で言い返す。睨めつけるように、セシルがアルフォンスを見上げると、彼は瞳を細めて、薄く笑ってみせる。

「嘘？　私を受け入れたくないからって、そんなことを言うのかい」

膝の裏を摑むようにして、脚が拡げられる。その強い力に、痛みが走るほどだ。

「あぁ、もう、君に遠慮なんてしないよ」

アルフォンスはそう言って、肉棒を穿つ動きを、激しくしていく。

「自分の蒔いた種だ。覚悟するといい」

子宮口を抉られそうなほど、腰が強く押しつけられる。膨れ上がった切っ先が、肉壁を擦りつけるようにして、引き摺り出され、ふたたび突き上げる行為を繰り返していた。

突き上げられるたびに押し潰される花芯が愉悦を走らせ、引き抜かれるたびに、全身の力が抜けそうな脱力感に苛まれていた。

「ひぁ……っ、あ、あぁっ。……だめ……、そんな激しくしたら……」

憎まれているのではないかと疑うほど、狂気じみた瞳で、アルフォンスが見下ろす。

「……どうなるんだい？　ねぇ、答えて欲しいね」

熱く脈打つ肉棒が抽送され、悶えるセシルの身体ごと揺さ振られていく。

穿たれる動きに合わせて、豊満な胸の膨らみが、上下に波打つ。

「……許し……、ふぁ……あ、あぁぁ」

溢れる涙で瞳を濡らしたセシルが、助けを求める。

「なにも考えられなくなる？　壊れる？　いいよ。もっと、狂ってしまえばいい」

激しい抽送でセシルを翻弄するアルフォンスは、息せき切った声でそう告げた。

「……そして、あの男のことなんて、忘れるんだね」

ひどく感じる場所に、膨れ上がった肉棒の先端が、擦りつけられる。

「あっ、あぁ……っ！」

鼻にかかった甘い喘ぎが、セシルの喉を突いて出ていた。

ビクビクと身体を引き攣らせ、堪えきれずに恍惚とした表情で仰け反るセシルに覆い被さったアルフォンスが、彼女の首筋を強く吸い上げる。

「……んんぅ……っ、あぁぁっ！」

柔肌の上を、ピリッとした鈍い痛みが走る。赤い鬱血《うっけつ》が、透けるような白い肌に浮かび上がっていた。

「私は、ぜったいに放さない」

ガクガクと身体が痙攣する。咥え込まされた肉塊を引き絞《しぼ》るようにして、セシルの肉襞が収斂し、脈打つ竿《さお》を飲み込む。

「ひっう……っ、んんぁッ……！」

身体の奥底で、熱が吹き上がる。そうして掻き出したばかりの白濁が、ふたたびセシルの膣へと容赦なく注ぎ込まれていく。

「だ……め……ぇ……っ」

頭の中を真っ白にしながらもセシルは甲高い嬌声を上げるが、アルフォンスは彼女の腰を上げたまま、子宮口に流すように残滓まですべて吐き出してしまう。

「……君は永遠に私だけのものだ」

霞がかかった意識の端で、そう断言するアルフォンスの声が、聞こえた気がした。

第四章　いたいけな花嫁の贖罪

皆がまだ寝静まっている明け方のうちに目を覚ましたセシルは、アルフォンスの服を借りて、階下の自室へと逃げ帰った。

——大変なことをしてしまった。アルフォンスに抱かれた身体では、もうフレデリック卿の妻になることはできない。しかし結婚式の準備は着々と進んでいる。

王家の人間との結婚を、侯爵《こうしゃく》家の身分で勝手に断ることはできない。父に顔向けできないことをしでかしてしまったことに、セシルは恐れ戦《おのの》く。しかし今の状況では、家に帰ることもできなかった。愛する者がいるというのに、アルフォンスは異様なほどに、セシルに執着を見せているからだ。

執拗《しつよう》なほどに、セシルの身体を貪《むさぼ》る彼の姿を思い出すと、全身の血が逆流したように、熱くなっていく。アルフォンスが、あんなにひどい人だとは思わなかった。二度と顔も見たくない、大嫌いだ……と、思いたいのに、自分だけを抱き締めて、ずっと傍にいて欲しいと、懇願《こんがん》すらしそうになってしまっていた。

「最低だわ」

何度もアルフォンスに向けて言った言葉だった。しかし誰より最低なのは自分自身だ。嫌いになるためにアルフォンスに近づくなど、なんと愚かで浅はかな考えだったのだろうか。簡単に嫌えるぐらいなら、なにもせずに恋を諦めることぐらい容易だったのに。

『愛している』

睦言《むつごと》のように繰り返された彼の言葉が思い出される。アルフォンスにとっては、戯《たわむ》れに口にした言葉に違いない。しかし胸に刻みつけられたように、セシルは忘れることができない。

結婚するということを。誰かに抱かれるということを、簡単に考えすぎていたことを思い知る。あんな行為を、愛してもいない人に捧げる決意をしていたなんて……。

そうして考えているうちにも、時間は刻々と過ぎていく。

「……どうしたらいいの……」

家に逃げ帰ることも、このままリナフルーレ宮殿に居続けることもできない。

どこにも向かえないまま、セシルは深く溜息を吐くしかなかった。

◇　◇　◇

「おはようございます。王子様」

傍付き侍女であるセシルは、彼を目覚めさせて、紅茶を運ばなければならなかった。

昨夜のことを思い出すと気まずく、彼と顔を合わせたくなかったセシルだが、平静を装いながら、彼の眠る寝台に近づく。

「ん……っ」

気怠げなアルフォンスが、寝返りを打つと、筋肉質な腕が露わになり、セシルは思わず息を飲む。どうやら彼は、裸のままで眠ってしまっているらしい。

「どうか、お目覚めください」

麗容《れいよう》な寝姿に、セシルは息を飲む。声をかけても、深い眠りについているアルフォンスは目覚めなかった。そっときめ細やかな頬に触れてみると、思ったよりもずっと温かい。

「……アルフォンス……」

普段ならおいそれと決して口にすることのできない名前を呼んでみる。すると彼はセシルの掌に、頬を擦り寄せてきた。まるで仔猫のような仕草に、胸がときめく。

このままずっと、彼の寝姿を見つめていたかった。惚《ほう》けたように、じっと彼を見下ろし続けていたセシルは自分の仕事を思い出し慌てて、アルフォンスの肩口を揺らした。

「王子様。朝です。どうかお目覚めください」

もう一度声をかけたとき、アルフォンスが薄く瞼《まぶた》を開いた。サファイアブルーの瞳が、ぼんやりとセシルの姿を映している。

——そして。彼は腕を伸ばすと、セシルの身体を引き寄せ、唇に口づけたのだった。

「ん……っ、おやめください、王子様。なにをなさるのですか！」

真っ赤になりながら彼の顔を引き剝がすと、しばらく沈黙していたアルフォンスは、素っ気なくセシルから手を離す。

「……あぁ、間違えた。すまないね」

アルフォンスは、婚約者が傍にいる夢でもみたのだろうか。そう思うと、胸が押し潰されそうになって、セシルは血の気を引かせた。

「寝ぼけていらっしゃらないで、早く顔を洗ってください」

しかしセシルはそのことをアルフォンスに気づかれたくなくて、必死に平静を装った。

「湯を浴びたいな。支度してくれるかい」

身体を起こしながらアルフォンスは、小さく欠伸をして、セシルにそう言った。まだ眠そうな彼は、セシルの動揺にまったく気づいていない様子だ。

「かしこまりました」

儀礼的に返して、浴室《バス・ルーム》に向かおうとするセシルに、アルフォンスはからかうような口調で続ける。

「……君も一緒に入ってもいいんだよ」

「結構です」

他愛もない言葉が、セシルの心を傷つけていることに、アルフォンスは思いもかけないのだろう。胸の奥がキリキリと痛む。

「冷たいな。昨日は、私の腕の中で、あんなに激しく乱れていたのに」

その話はしないで欲しかった。すべて忘れて、いっそセシルの存在すら消してくれたらいいのにと、願わずにはいられない。彼は愛する婚約者と結婚を控える身だった。戯れにしてはひどすぎる行為に、追い打ちをかけるようなことは、もう止めて欲しい。

「記憶にございませんわ」

アルフォンスに背を向けたまま、セシルは泣きそうになるのを、堪えていた。

「おや。忘れられてしまう程度だったのかな。……仕方ないね。今度は、夢に出るぐらい、
鮮明に覚えさせてあげることにしよう」

……忘れるはずがない。忘れられるはずがないのだ。

セシルを求める声も、抱き締める腕も、熱も、吐息すら、すべて自分のものにしたいと
渇望してやまないものだったのに。

「……やめて……っ」

痛いぐらいの視線を背中に感じ、セシルが振り返って、掠れた声で訴える。すると彼は
冷たい口調で言い放つ。

「冗談だよ」

そして、もう興味がなくなったように、ふいっとアルフォンスは顔を逸らしてしまった
のだった。

◇◇◇

長い情交の後で、ぐったりと身体を弛緩させたセシルの裸を、アルフォンスは強く抱き締めていた。ずっと自分の腕に閉じ込めたいと、願ってやまなかった存在が、目の前にある。その喜悦に、アルフォンスは眩暈《めまい》すら覚えそうだった。

「かわいいね、セシル……」

そっと唇にキスをする。このまま手を離したら、二度と腕の中にセシルが戻って来ない気がして、アルフォンスは明け方近くになっても眠れずにいた。すると肌寒さに震えた彼女が、アルフォンスの温もりを求めて擦り寄ってくる。

触れる温もりに、愛おしさがいっそう込み上げていた。

「このまま……」

永遠に刻がとまってしまったらいいのに。アルフォンスはそう願わずにはいられない。しかし彼の腕の中で震えて、泣きじゃくるセシルの顔が思い出される。

彼女は目覚めればきっと、アルフォンスを恨んでいるに違いなかった。

――それでも、後悔はしていない。誰かに奪われるぐらいなら、たとえ彼女を傷つけることになろうとも、アルフォンスは何度だって同じことを繰り返すだろう。

「愛してる……、愛してるんだ……」

セシルの身体を抱き寄せ、こめかみに口づける。

アルフォンスは王子という立場にあっても、今まで一度も、権力を振りかざし、人を自由にしようとしたことなどなかった。王子としての矜持《きょうじ》を捨て、己《おのれ》の信念を曲げてでも、セシルを手放したくなかったのだ。脅すような真似をすることになっても、たとえ嫌われようとも、決して他の男になど譲れるものかと、固く決意する。そうしてアルフォンスは夜明け近くまで、セシルの身体を抱いたまま、眠れない夜を過ごしていた。

——しかし、いつの間にか眠りに落ち、彼女の声で目覚めることになる。

「どうかお目覚めください」

アルフォンスの寝ぼけた目には、セシルの顔が微笑んでいるように見えた。

「……」

嫌われてはいなかったのだと歓喜のあまりアルフォンスは、思わずセシルの肩口に手を伸ばして引き寄せ、奪うように口づける。

——しかし。

「おやめください、王子様。なにをなさるのですか！」

睨みつける視線に、現実を思い知る。彼女は微笑んでなどいなかった。傷ついた表情で、アルフォンスをじっと見下ろしている。あんな真似をしたのだから嫌われていて当然だ。

それでも自分が目覚めてもまだセシルが傍に居てくれたことに、アルフォンスは深く感謝せずにはいられなかった。

◇　◇　◇

朝の支度が済むと、アルフォンスはすぐに政務のため、謁見室《えっけん》へと向かっていった。傍にいるようにと命じられ、セシルは所在なげに近くに佇むことになった。

今、セシルの目の前では、異国の言葉が飛び交っている。アルフォンスはどうやら、諸外国の言葉にも精通しているらしい。流暢《りゅうちょう》な発音で、異国の言葉を話す彼を、感心しながら見つめていたセシルだったが、あることに気づいて笑ってしまいそうになる。

彼は手にしていた書類に、そちらの言葉でメモを取っているのだが、相変わらず虫が這《は》ったような文字にしか見えない。まったく見知らぬ言葉でも、一見して汚いと解るぐらいの筆跡なのだ。思わず目を逸らし、笑いそうになるのを堪えていると、それに気づいたアルフォンスが、にっこりと笑って、声に出さずに口を動かす。

『笑ったね？　あとで後悔するよ』

そう呟いた気がして、セシルは真っ青になってしまう。

そうして幾人かの使者との謁見を終えると、東翼の四階にある王子のアパルトマンへと向かった。午前中の政務はこれで終わったらしい。

「休憩しようか」

部屋に帰るなり、疲れた様子で溜息を吐くアルフォンスに、セシルは恭《うやうや》しく頭を下げて言った。

「紅茶を用意致します」

せめて少しでも、彼の疲れを癒《いや》せればいいけれど、そう願って告げた言葉だった。しかしアルフォンスはライティング・テーブルの椅子に腰かけると、肩をすくめてみせる。

「なにもいらないな」

アルフォンスに拒絶された気がして、傷ついたセシルは瞼を伏せた。

「そうですか。それでは、ご用がございましたら、お呼びください」

頭を下げて、退室しようとしたセシルの腕が掴まれる。

「……王子様。お放しください」

顔を逸らして彼女は背を向ける。しかしセシルの身体が強引にアルフォンスの腕の中に引き込まれてしまう。そして彼はセシルの手首に、形の良い唇を押し当てた。

「あぁ……、手首が赤くなってしまっている。すまないね。昨夜は強引な真似して」

ギクリと身体が強張る。昨日のことを思い出しただけで、身体中が羞恥《しゅうち》で赤くなってしまいそうだった。

「あんな真似して許されると思っていらっしゃるの」

セシルは、わざと突き放すような言い方をするが、アルフォンスは気にした風もなく、肩をすくめてみせる。

「許されるとも。私のものを抱いたぐらいで、誰が咎《とが》めると言うんだい」

国王はたったひとりの息子であるアルフォンスを、とても可愛がっている。侍女を抱いたぐらいで、怒りなどしないだろう。そして国中の誰もが、アルフォンスの所業を咎めることなどできないのだ。自信に満ちあふれた物言いに、怒りが湧き上がってくる。そして同時に、悲しみが胸を打つ。

「……あなたは、最低だわ」

思わず立場も忘れて、セシルが彼を詰ると、華奢《きゃしゃ》な腰に腕が回され、引き寄せられてしまう。椅子に座ったままアルフォンスは、恍惚《こうこつ》とした眼差しで見上げてくる。

「キスしてくれないか」

どうしてそんな眼差しを向けるのだろうか。セシルは身体を強張らせたまま、息を飲む。そんな瞳で見つめられたら、愛されているのではないかと、誤解してしまいそうだった。

——止めて欲しい。お願いだから、そんな瞳で見つめないで欲しいと、無様に懇願《こんがん》したい衝動にまで駆られてしまう。

「嫌よ。どうして私が、王子様にキスなんてしなくてはならないのですか」

セシルがアルフォンスの頼みを断り、ツンと顔を逸らすと、アルフォンスはこの上なく優しく微笑む。

「別に言うことを聞いてくれなくても、私は困らないけど」

そして呼び鈴に手を伸ばした。彼がそれを押せば、階下の使用人の誰かが、用事を伺いにくる仕組みだ。

「せっかくだから君が昨夜一緒に居た、あの園丁《ガーデナー》にも罰を受けさせようか」

アルフォンスが、オズウェルを呼び出そうとしていることに気づいたセシルは、慌てて彼の腕を摑んだ。

「……卑怯だわ。私を脅すつもりなのですか？」

悔しげに睨みつけるが、彼は気にした風もない。

「人聞きが悪いね。……私はお願いしているだけだよ」

アルフォンスは、そう嘯《うそぶ》いてみせる。

オズウェルに迷惑をかけてしまうことが解っていて、逆らうことはできなかった。

仕方なくセシルは椅子に座るアルフォンスに、顔を近づける。しかし吸い込まれそうなサファイアブルーの瞳に戦き、それ以上近づけない。

「……目を閉じて……」

掠《かす》れた声で訴えると、彼は顎《あご》を上げて瞼を閉じた。思っていたよりもずっと長い睫毛だ。高い鼻梁も、引き締まった唇も、悔しいぐらいに整っている。

彼の美貌に見惚《みと》れたように、セシルが固まっていると、アルフォンスが急かしてくる。

「まだかい？」

ビクリと身体が引き攣《つ》る。声をかけられるとは思ってもみなかったからだ。目を閉じているのに、彼は正確にセシルの腰を引き寄せ、口づけをせがむ。

「黙ってくださらないかしら」

セシルが薄く口を開く。緊張から唇が震えてしまっていた。その震えに気づかれたくなくて、セシルは瞼を閉じて、強く唇を押しつける。

「ん……」

触れてすぐ離れるつもりでいた。しかしアルフォンスはそれを許さず、歯列を割って、ぬめる舌を、伸ばしてくる。

「……ふっ……ぁ……」

敏感な舌をくすぐるようにして、絡められる、首筋に震えが走り、息が乱れそうになっていた。されるがままになっているのが癪で、セシルはのしかかるようにして、舌を伸ばし、意趣返しに彼の口腔《こうこう》を嬲《なぶ》り始める。

彼の脚の間に滑り込み、股間に膝を食い込ませる恰好でセシルは強引にのしかかった。

「ん……っ」

そうして貪るようにキスを続けていると、背中をいやらしい手つきで撫でられ、思わず薄目を開いた。すると彼がいつの間にか瞼を開けて、セシルの動向をじっと見つめていることに気づく。

「……っ！」

セシルは弾かれるように身体を引こうとしたが、アルフォンスの力強い腕が、それを許さなかった。

「悪戯《いたずら》な仔猫だね。……私がこれぐらいで参るとでも？」

ムッとしながら睨み返すと、彼はクスクスと笑いながら、セシルの纏《まと》うお仕着せの制服のホックを外し始める。

「……やめて……っ」

あえかな声でセシルは訴える。アルフォンスに聞き届けられないことは解っていても、言わずにはいられなかった。

背中のホックが外されると、二の腕の辺りまで、制服が引き摺《ず》り下ろされる。あまりにも手際よく脱がされる衣服に、セシルは息を飲んだ。

そうして身動きが許されぬ間にも、露わにされたシュミーズを引き上げたアルフォンスは、セシルの胸の膨らみを揉みあげていく。

「大きいけれど、形の良い胸だ。……むしゃぶりつきたくなる」

まだ日も高い時間だった。こんな真っ昼間から、身体に触れようとするアルフォンスを、咎めるような目つきで見つめる。

「……どこにでもある胸だわ」

「君が、他の女と同じ？　面白い冗談だね」

なにが面白いのか、セシルにはまったく解らなかった。首を傾げる間にも、唇が胸に寄せられ、薄赤い突起にしゃぶりつかれてしまう。

「……っ」

アルフォンスの生暖かくぬるついた舌の感触に、セシルの肌が総毛立つ。軽く吸われるだけで固く尖る乳首に、今すぐ死んでしまいたいほどの羞恥心を覚えていた。

「こんなに物覚えが良くて、いやらしい身体なんて、そうはないと思うけれどね」

濡れた舌先でセシルの乳首を擽りながら、そう囁《ささや》いたアルフォンスは、乳輪ごと深く咥《くわ》え込み、啜《すす》り上げる行為を繰り返す。

熱い舌先が、コリコリとした乳首を捏ね回すたびに、セシルの身体に疼《うず》きが走り、身体を引き攣らせそうになった。

「……ふ……っ、ん……っ」

熱い息と共に、感覚を抑えようとする。しかし淫《みだ》らな身体が反応し、下肢の中心で、熱い蜜《みつ》が滲《にじ》み始めていた。

それを隠そうと、内腿を強く閉じるが、ブルブルと身体が震えてしまう。

「気持ちいい？　身体が震えているよ」

吐息を胸元に吹きかけるようにして、アルフォンスが囁く。

「……嫌がっているからよ。人の気持ちの解らない方ね」

顔を背けながら、そう言い放つ。窓の外には、庭木を剪定《せんてい》する園丁《ガーデナー》たちの姿が見えた。

あの場所には、オズウェルも混じっているのかもしれない。そう思うと窓から離れたくて堪らなかったが、アルフォンスの腕の中からは、決して逃れられそうにない。

「それは悪かったね。私の瞳には、悦がるのを堪えているようにしか、見えなかったものでね」

肩をすくめたアルフォンスはライティング・テーブルにセシルを座らせると、彼女の履いているスカートを捲り上げる。

こんな場所で、アルフォンスは彼女を抱こうとしている。そう気づいたセシルは、テーブルから降りようとするが、強引にスカートの裾を握らされてしまう。

「確認してみようか。君が感じていたなら、嘘を吐いた罰を与えるよ。私は嘘を吐かれるのが、大嫌いだからね」

アルフォンスは嘘ばかり吐いているのに……。それは同族嫌悪というものだと、怒りが湧き上がる。しかしそれどころではない。

彼の長い指先が、ドロワーズの上から弄ぶようにセシルの媚肉《びにく》をなぞったからだ。

「これは、なんだろうね」

染みの広がる布地をさすり、アルフォンスが首を傾《かし》げる。彼は解っていて、わざと尋ねているのだ。

「知らないわ」

悔《くや》しげにセシルが言い返すと、ますます彼は口角を上げて、微笑んでみせる。

「濡れているように見えるけど」

「……気のせいよ」

ムッとしながら冷たく言い放つセシルの、ドロワーズがいきなり引き摺り下ろされてしまう。目を瞠るセシルの下肢に顔を近づけ、アルフォンスは指先で媚肉の間を辿った。

しとどに溢れた蜜が、彼の長い指を濡らしている。

「気のせいね。……ここを、こんなにいやらしく濡らしながら、ヒクつかせておいて、まだ白を切ろうとしているのかい。素直じゃない人だ」

弄《もてあそ》ぶように花びらのような突起を擦りつけたあと、アルフォンスは尊大な態度で、椅子の背もたれに身体を預けた。

「ほら、さっき言った通り罰を受けて貰おうか」

しかしセシルは顔を逸らしたまま、冷たく言い捨てる。

「お断りするわ」

罰など受けたくなかった。なにも悪いことをしていないのに、そんなことをされる謂《いわ》れはない。罰を与えられるとしたら、アルフォンスにこそ、相応しいのに。

「脅されるのは好きかい？　私は同じことを何度も言うのは、慣れていないのだけれど」

ひどい言葉に、セシルは息を飲む。どれだけ抗おうとしても、結局は彼に従うしかない身だった。

「……っ！」

セシルの腕が引かれ、ライティング・テーブルの下で跪《ひざまず》かされる。

犬のような恰好をさせられたセシルは、屈辱《くつじょく》に震えてしまう。貴族の生まれである彼女は、人の足下に跪くなど初めての行為だ。

アルフォンスは、そんなセシルの目の前で、トラウザーズから陰茎《いんけい》を引き摺り出す。

「舐《な》めて貰おうかな。……優しく、丁寧にね」

いっそ罰として、殴られた方がましだった。奉仕を強要しようとするアルフォンスを前に、セシルは狼狽《ろうばい》し、信じられないものを見る眼差しで見つめた。

「……そんなこと……できないわ」

すると彼はサファイアブルーの瞳を細め、素気なく言い返した。

「別にしなくてもいいよ。君の勝手にするといい」

セシルが言うことを聞かなければ、アルフォンスはコートネイ家の人たちにひどい真似をするつもりなのだろう。それが解っていて、断ることなどできない。

「……っ！」

セシルは悔しげに、アルフォンスの顔を睨みつける。

「いいね。そんな表情を向けられると、無理やり口に捩《ね》じ込むのも、愉しいんじゃないかって思えるよ」

無理やり咥え込まされるなど、冗談ではなかった。泣きそうに顔を歪《ゆが》めながら、セシルはアルフォンスの下肢に顔を近づけた。

「やればいいのでしょう」

何度も自分の身体を貫いた凶器だった。間近で見る卑猥《ひわい》な形をした肉塊を前に、セシルはコクリと息を飲む。

「おや、素直だね。反抗的なのも可愛らしいけれど、そういうのも悪くはない」

言いつけに従った犬に対するように、アルフォンスは優しくセシルの頭を撫でた。首筋を掠める指の感触にすら、昨日のことを思い出し、身体が震えそうになる。

——そして。

「ん……っ」

赤い唇を開き、萎えたままの陰茎を口に含む。するとセシルの濡れた舌先に、鈴口が擦れ、ビクリと身体が引き攣ってしまう。男性の欲望を高めるために、奉仕するなど生まれて初めての行為だった。その背徳感と、恐ろしさにセシルはブルリと身震いしていた。

「……ふ……っ、ん、ん……っ」

固く瞼を閉じて、早く終わらせてしまおうと、必死に舌を絡めていく。しかし昨夜はあれほど、熱く滾っていた陰茎は萎えたままだ。亀頭を咥え込み、扱くようにして唇を動かしたセシルに、アルフォンスはさらに追い打ちをかけた。

「せっかくだから、胸もつかってみせてくれないか」

一瞬、セシルはなにを言われたのか解らなかった。

「……っ!?」

彼の陰茎を咥えたまま、怯えたように見上げると、アルフォンスはこの場に似つかわしくない爽やかな笑みを浮かべてみせる。

「それだけ大きいのだから、挟めるだろう」

従属する女には相応しい行為だとばかりにアルフォンスはそう言ってのけた。セシルは咥えていた陰茎を吐き出し、悔しげに言い返す。

「……嫌な人。ディネレア王国の王子がこんな変態だったなんて、がっかりだわ」

しかし冷たい言葉にも、彼は懲りたようには見えない。

「男は皆、自分の女に全身で奉仕されることを望んでいるものだ。私だけが特別というわけではないよ」

反省を見せるどころか、アルフォンスは平然とそう言い放つ。そして無理やりセシルの口腔に、肉塊を押し入れ、胸を摑んで挟ませてしまったのだった。

「ほら」

大きな胸の膨らみが、アルフォンスの陰茎を包み込む。そのままセシルは奉仕を続けさせられることとなった。

「ふ……っ、んんんっ」

淫らな恰好に泣きたくなってしまう。しかし涙を滲ませるなど、負けたような気がして、セシルは必死に堪える。亀頭を強く吸い上げると、柔らかな胸の谷間に挟んだ、陰茎が角度を持って勃《た》ち上がり始めていた。

「……あぁ、とてもいいね。もっと深く飲み込んでみて」

深く息を吐いて、アルフォンスはそう指示を出すと、引き出しから一通の手紙を取りだした。その便箋には見覚えがあった。彼の婚約者からのものに違いない。

思わずセシルは舐める行為を止めてしまう。

「君は続けていて。私は早く、この手紙を読んでしまいたいんだ」

愛おしげに文面を見つめながら、顔を綻ばせる様相に、泣きたくなってしまっていた。

そんなアルフォンスから目を逸らし、セシルはひたすらに肉茎を舐め続ける。

「……ん……っ、んっ」

他に好きな相手がいるのに、どうしてセシルにこのようなことを強要しようとしているのか、彼女にはまったく理解ができなかった。もしかしたら婚約者と結婚し共に過ごすまでの間、欲望を処理させるためだけに、拘束しているのかもしれない。

「……」

手紙を読みながら、アルフォンスが吹き出すようにして笑う声が聞こえる。

自分の花嫁になった女性には、彼は優しく愛を囁き、壊れ物のように大事に扱うのだろうか。そう思うと、胸が張り裂けそうで、苦しくて、やるせなくて。……今すぐ息も、鼓動も、すべて止めてしまいたい衝動に駆られてくる。

「は……ぁ……っ」

濡れた舌先を、亀頭の根元に絡ませ、熱い肉棒を必死に扱いていると、アルフォンスの部屋の扉をノックする音が聞こえた。

「……っ！」

セシルは真っ青になって、身体を強張らせてしまう。しかしアルフォンスは、このような状況であるにもかかわらず、こともあろうに、「入れ」と答える。

思わずセシルが逃げようとすると、彼はライティング・テーブルの下に彼女を押し込め、そして肉茎を咥えさせる行為を続けさせたのだった。

部屋を闊歩する足音に、心臓が壊れそうなほど高鳴る。

「どうかしたのか」

下肢の熱を滾らせているにもかかわらず、アルフォンスは平然と受け答えを続けていた。やって来たアルフォンスの側近は、机の下で、このようなことが行われているとは気づかずに、規律正しい声を発していた。

「ロイワース村が不作だそうだけど、原因は……」

息を乱すこともなく、話し続けるアルフォンスに苛立《いらだ》ちを覚え、セシルはわざと大きく熱棒を咥え込み、強く啜り上げてみせる。

「あぁ、そうか……っ、ん……っ」

裏筋に当たる舌のざらついた感触に、鼻先から熱い吐息が漏れてしまう。初めて声を乱したアルフォンスにセシルは、勝利した気持ちになって、執拗《しつよう》に舌を絡め始めた。

「ふ……」

ずっと開いたままの口のせいで、顎が軋《きし》むように痛む。それでも彼をやり込めたくて、鈴口に尖らせた舌先を押しつけ、セシルは亀頭の根元に唇を擦りつける。

それはすべて彼が微かに身体を強張らせた場所だった。

「王子様。どうかなさったのですか」

息を乱したアルフォンスに対し、側近が心配そうに尋ねる。

「昨日から飼っている仔猫が、足下でちょっとおいたをしてね。あとでちゃんと躾《しつ》けておくよ」

深く息を吐いた後、そう言ってアルフォンスは微笑んでみせる。そして話が終わったらしく、彼の側近は早足に部屋を去ったのだった。

「悪戯好きだね。とても、かわいらしいけど……、私を困らせないで欲しいな」

薄い笑いを浮かべたアルフォンスが自らの立衿《たちえり》のホックを片手で外す。

艶めかしい仕草に、目を奪われる間にも、彼はセシルを机の下から引き摺り出した。

そしてセシルの頭を押さえつけ、肉茎を無理やり喉奥まで捩じ込んでしまう。

「んん……っ、んんっ、んっ！」

嘔吐《えず》きそうなほど、肉茎を頬張らされ、セシルは苦しげな声を上げる。そのままゆっくりと腰を揺さ振るアルフォンス動きに合わせて、口腔に熱い高ぶりが抽送されていった。

ぬめる舌先の上に擦りつけられる包皮の感触に、セシルの身体にブルリと震えが走る。

息を乱して舌先で肉茎を押し返そうとするセシルの髪を撫でながら、アルフォンスは、優しく尋ねた。

「せっかく積極的になってくれていたのに、もう終わりなのかな。もっと続けてくれていいんだよ」

——もう無理だと、セシルは瞳を潤ませながら、微かに頭を横に振る。舌の上に、滲ん

だ先走りの味が広がっていた。その匂いと味が、いっそう胸をやるせなくする。

「……ふ……んっ、や……ンン」

唾液と先走りの入り交じった液が、しとどに肉棒を濡らしていた。セシルの口腔を埋め尽くす熱い肉棒が、いっそう大きく膨れ上がる。

熱に浮かされたように、切なげな表情で口淫を続けるセシルの喉元をくすぐり、アルフォンスは、抽送する動きを激しくしていく。ジュプジュプと卑猥な水音が、静かな部屋に響いていた。

「愛らしい君の顔が上気しているね。そんなに舐めるのが気に入った？」

尋ねられる言葉に、セシルは口を塞がれているため、やはり答えることができない。

そうして熱い肉茎が膨張し、熱を弾かせた瞬間、ずるりと口腔から、引き摺り出される。

目の前に迸《ほとばし》る白濁《はくだく》に、顔を背けることもできないまま、セシルは熱い迸りを、顔面に受けてしまったのだった。

「……あ……っ、あぁ……」

ビュクビュクと白い飛沫《しぶき》が、顔に浴びせかけられる。ドロリとした青臭い液が、艶やかな頬を流れ落ちる。彼女が顔を隠すために、かけているスクエアの眼鏡が、白濁に汚され、視界が狭まってしまっていた。

熱を吐き出したばかりの鈴口が、ピクピクとセシルの目の前で卑猥に痙攣している。そうして眦《まなじり》に白濁が滲んだせいで、瞳がひどく痛み、涙がこぼれ落ちていく。

「や……っ」

突然の出来事に、呆然とするセシルの頬に、アルフォンスの指が触れる。彼はその指でねっとりと滴る雫を掬うと、セシルの口腔へ押し込んだ。

「……んぅっ……く……んん」

青く苦み走った味が、口腔に広がって、思わず顔を顰めるが、アルフォンスは吐き出すことを許さない。

「全部、飲むんだ。一滴残らず……ね」

そう言ってアルフォンスは、噎せ込むセシルに何度も指を押し込んでくる。赤い舌を覗かせながら、指を綺麗に拭わされた後で、彼は残滓を滴らせた陰茎を、セシルの顔に近づけてくる。

「こっちも、拭って」

抗う気力もなく、セシルは鈴口に唇を押し当て、ちゅっと吸い上げた。口腔に広がるアルフォンスの精の匂いに、クラクラとした眩暈を覚える。

「……もう一度全部、咥えてみてくれるかい」

唇を開き、彼の肉棒を深く咥え込むと、ゆっくりと腰が揺さ振られた。

「んっ……、んっ」

残滓《ざんし》を舐めるように舌を這わせ、口腔に抽送される肉棒を唇で扱く行為を繰り返す。

すると濡れた粘膜の中で、ふたたび熱が膨張し始めてしまう。

「……や……っ」

軋むほど顎が痛んでいたセシルは、また口淫を繰り返させられるのか……と、苦しげにアルフォンスを見上げた。しかし彼はセシルの口腔から、肉棒を引き摺り出すと、彼女の身体を俯せに、ライティング・テーブルへ押しつける。

「君が、いやらしい顔で美味しそうに咥えているから、また勃ってしまったみたいだね。責任を取って貰おうかな」

セシルは言われた通りにしただけだった。責任を取らされる謂れなどない。

「……知らな……っ、放して……っ」

身体を揺らすが、アルフォンスの腕からは逃れられない。卓上に押しつけられたまま、スカートが捲り上げられた。

暴れようとするセシルの、膝まで引き摺り下ろされていたドロワーズが、爪先から脱がされてしまう。肌を嬲る空気の冷たさに、全身が総毛立った。

「……こっちも、さっきみたいに淫らな顔つきで飲み込んでくれるのかな。……ねぇ、どう思う?」

セシルは、淫らな顔などしたつもりはなかった。嫌がっていただけだ。決して、そんな表情などしていない。そう思いたかった。

じっとりと湿ったセシルの媚肉を、アルフォンスは指で開く。するとヒクついた蕾が、露わにされてしまう。

「……お放しください……、王子様。……こんなこと、もうお止めになって」

身体を揺らしながら必死に訴える。しかし閉ざされた蕾に、指が押し込められていく。

「昨日たくさん抱いたせいか、まだ柔らかいね。このまま入るかな」

ぐるりと指を押し回した後、すぐに滾る熱棒が、押しつけられ、セシルは身体を強張らせる。

「だめ……です。挿れないで……」

もう昨夜のような真似はしないで欲しかった。セシルは王族との結婚が決まった身なのだ。これ以上、相手を裏切る真似はできない。

「君は私のものだと言っているだろう？　私が抱きたくなれば、受け入れる義務がある」

「いいえ……私は……っ」

――違う。セシルはアルフォンスのものではない。そう訴えたかった。しかしそれを口にすれば、アルフォンスは激高し、ますますひどい真似をするに違いなかった。

「違わない。……ほら、ここも」

濡れそぼった熱い肉茎が、ヌチリと粘膜を割って、押し込まれていく。下肢から迫り上がる圧迫感に、セシルの身体が戦慄《わなな》いた。

「か……は……っ。あっ……っ」

そのまま腰を押し回しながら、胸の膨らみが後ろから掬《すく》い上げられる。

「こちらも……、君のすべては私を愉しませるためにある」

セシルの熱く震える膣肉《ちつにく》の感触を確かめるように、グチュグチュと音を立てて肉棒が掻き回されていった。

「違います……っ、私は……、あっ、んんっう」

指の間に挟まれた乳首の側面が、擦りつけられ、ジンとした疼きが腰骨を直下するような痺れを走らせていく。

「は……、はぁ……っ」

身悶えるように、熱い吐息を漏らしたセシルの耳朶に、アルフォンスは柔らかな唇を押しつけて囁いた。

「違わない。……ほら、滴るほどに濡れてきた。君が悦んでいる証だ」

熱く濡れた舌が、セシルの耳殻《じかく》をねっとりと辿り、そして耳孔へと差し込まれる。セシルは擽ったさに、首をすくめながら、ビクビクと身体を引き攣らせてしまう。しかしアルフォンスは彼女の耳を嬲っている、熱い舌を抜こうとはしない。

「もっと悦ばせてあげようか。……これも好き、だろう?」

セシルの片足が膝を折り曲げる恰好で、ライティング・テーブルの上に乗せられる。そして胸を揉んでいたアルフォンスの片手が、淫らにひくついた花芯を捉え、クリクリと弧を描くようにして、柔らかく愛撫し始めた。

「……いや……っ、触らないで……、そこ、……だめなの……っ」

鋭敏な突起を捏ね回され、ゾクゾクとした痺れが、下肢から子宮の奥底まで、駆け上がってくる。その感覚に身悶えながら、セシルは衝動的に声を上げた。

「どうして？　締めつける力が強くなっている。こうされるのが、堪らなく好きなんだろ」

「違……っ、好……きなんか……じゃ……ないわ」

艶めかしく腰を揺らしながらも、セシルは快感を認めようとはせず、必死に頭を横に振って、アルフォンスの言葉を否定する。

しかし内壁に押し込められた肉棒の張り上がった部分が、ひどく感じる場所に擦れ、セシルはビクリと大きく身体を引き攣らせてしまう。

「ひんぅ……んんっ」

甘い嬌声《きょうせい》が喉を突いて出る。喉の奥から溢れ出る欲求に、舌の付け根から、止めどなく唾液が溢れ出していた。

「ここを擦られると、イキそうになるのかい？　良いことを教えて貰ったな」

嫌な予感がした。アルフォンスはセシルの腰を強く摑んだ。そうしてゆっくりと腰が揺さ振られ、肉棒が抽送されていく。

ひどく感じてしまう場所を、張り上がった切っ先が、グリグリと責め立てるように擦りつけられる。その間にも、敏感な花芯を執拗に嬲る手は止まらない。

蜜を擦りつけるように、捏ね回される花芯が、眩暈のしそうなほどの愉悦を迫り上げる。

「……だめ……ぇ……、やめ……、そこだめっ、本当にだめなのぉ」

セシルは卓上に手をつき、背中を仰け反らせながら、一際甲高い声を上げていた。

そうして淫らな肉筒が収斂《しゅうれん》し、穿《うが》たれた熱棒を強く締めつける。固く咥え込んだ接合部分から、溢れた蜜が掻き出されていく。快感のあまり、床についたセシルの片足がガクガクと震え出してしまう。

「……あ、あぁっ！　、あ、あ、あ、あぁっ」

不安定な体勢で身悶えるセシルの腰を引き寄せ、腰を押し回しながら、容赦なく肉茎を抽送するアルフォンスは、甘く掠れた声で囁く。

「そんなにいいのかい？　もっとしてあげるよ。君の望むように……ね」

グチュヌチュと粘着質の激しい水音が、熱を穿たれるたびに、部屋に響いていた。

「いらな……、も……もう、やぁ……っ」

ビクビクと身体を引き攣らせたセシルの肉筒が、感じきった身体のせいで、強く引き締められる。

「この仔猫は、またおいたが過ぎるね。そんなに締めつけては、私が保たなくなってしまうだろう」

そう責めるような言葉を吐きながらも、アルフォンスは愉しげに口角を上げていた。

忍び笑う声が、微かに耳に届き、いっそう彼女をやるせなくする。

感じたくなどない。止めて欲しいと訴えたいのに。淫らな身体が心を裏切り、もっとアルフォンスの熱が欲しいとばかりに、腰を揺らしてしまう。

「ふぅ……んんっ、あ、はぁっ……あぁっ」

豊満な胸を机の上で身悶えさせ、恍惚とした表情で嬌声を上げるセシルに、アルフォンスは、息を乱しながら言った。

「一度、出すよ……。全部受け止めて」

次第に霞《かす》み出す理性のせいで、セシルは衝動的に、出して欲しいと、声を上げそうになってしまう。しかし誰かに抱かれていい身ではないことを、切れかけた理性の端で思い出し、頭を振りながら訴える。

「……っ、出さないで……、お願……ぃ……、わ、私……っ」

セシルは一ヶ月後に結婚を控える身だ。……これ以上は、いくらアルフォンスを想っていても受け入れられない。

「まだ諦めていないんだ？　強情な人だね」

苛立ったようにアルフォンスは呟くと、抽送する動きを激しくしていく。

「……だ……て……、あっ、やぁ……！」

脈打つ固い肉棒が、最奥まで突き上げ、そして引き摺り出される。

ゴリゴリと子宮口を開かせるように、切っ先が捩じ込まれ、そして全身の力が抜けそうな脱力感と共に、引き抜かれる行為が繰り返されていた。

何度も亀頭の括れに繰り返し擦りつけられた柔襞が戦慄く。

「ひぅ……ん、んっ……、あっ……ふぁ……っ」

何度も襲いくる律動に汗ばんだ色白い喉元を仰け反らせて、セシルはガクガクと身体を痙攣させる。

「ほら、出すよ……。逃がしなどしない。全部受け止めて」

「い、いや……ぁ……」

セシルはそう言葉で拒絶するが、まるでアルフォンスの意志に従っているかのように、感じた内壁が、最奥まで埋められた肉棒を強く締めつけた。

「だめぇ……っ、許し……っ、あぁぁっ！」

穿たれた楔を包み込む熱い肉襞が、強く収斂すると同時に、アルフォンスはブルリと身体を震えさせ、ドクリと脈打った肉棒から熱い飛沫を吹き上がらせていく。

「……ん、んんぅっ！」

悩ましく背中を揺らし、ぐったりと身体を弛緩《しかん》させたセシルは、嗚咽《おえつ》を漏らし始める。

「君が私を拒むことは許さない。……全部受け止めさせると、言っているだろう？」

勝手すぎるアルフォンスを振り返り、セシルはキッと彼を睨みつけた。しかしその瞳は、涙を潤ませていて、迫力など欠片も感じさせないものだった。

「あぁ。……君が、そんな顔するからまた勃ってきた」

薄い笑いを浮かべたアルフォンスが、腰を揺らすと、内壁の中で萎《な》えていた肉茎が蠢《うごめ》き、ふたたび頭を擡《もた》げ始めてしまう。

「う……嘘……っ」

旺盛なアルフォンスの性欲に、唖然《あぜん》とする間にも、セシルの腰が摑まれ、ゆるゆると腰が揺さ振られていく。

肉棒が抽送するたびに、吐き出されたばかりの白濁が掻き出され、接合部分に溢れる。ヌルヌルと竿《さお》が擦れる感触に、ゾッとするほどの痺れが走っていた。

「……んっ、んんぅ……っ、あぁあっ、いま……挿れな……で……っ、抜い……っ」

絶頂を迎えたばかりの膣肉が、激しく収斂し、生々しい肉茎の感触を伝えてくる。

ひどく感じやすくなったセシルの身体にのしかかったアルフォンスは、彼女の懇願を聞き入れず、肉棒を激しく穿ち始めてしまう。

「かわいいね。……いくらでも抱いてあげるから、好きなだけ感じているといい」

セシルの汗ばんだ背中に唇を滑らせ、アルフォンスは熱い吐息を吹きかけた。

「いや……っ、も……もう、許し……っ」

快感に下がる子宮口を突き上げ、感じる場所を擦りつけるように引き摺り出される。

意識の飛びそうなほどの愉悦が、神経を焼き尽くさんばかりに、迫り上がっていた。

「……あっ……はぁ……、はぁ……っ、……も……や、いや……ぁ……」

頭の中が、霞みがかったように、意識が遠のく。早鐘のような鼓動と脈動が、耳障りなほど頭の中で鳴り響いていた。

息も絶え絶えなセシルの前に、アルフォンスは引き出しから取りだした便箋《びんせん》を差し出す。

「そうそう、急ぎなんだ。代筆を頼むよ」

アルフォンスは、先ほど読んでいた婚約者からの手紙の返事を書かそうとしているらしかった。こんな状況で手紙など書けない。

――そして、書きたくもない。

セシルを抱きながら、他の女性を想うような真似が、どうしてできるのだろうか。

「無……理……っ」

しかし瞳を潤ませるセシルに、アルフォンスは強引にペンを握らせた。

「……や……あぁ……」

彼はセシルに覆い被さり、ペンを握る手を上から摑んだ状態で、ヌチュヌチュと粘着質のぬるついた水音を立てながら、腰を揺さ振ってくる。

「お願いだから、書いてくれないか？　君は優しい人だから、断ったりしないだろう？」

ねっとりとした熱い舌先で、セシルの耳裏を舐め上げながら、アルフォンスが囁いた。

耳を塞ぎ、なにも聞きたくなかった。しかし彼の口から、婚約者への愛の言葉が紡がれていく。

「『愛している。……早くあなたを私だけのものにしたい』」

セシルの手が、ブルブルと手が震える。彼女の一番欲しい言葉が、そこにあった。しかしアルフォンスがその言葉を告げる相手は、違う女性なのだ。

涙が滲み、セシルは歯を食い縛る。だがアルフォンスは、急かせるように、腰を動かし、肉棒を抽送してくる。

「ひ……ンンッ……」

震える手で、セシルは『愛している』と、手紙に書く。しかしその字はお世辞にも綺麗だとは言えない。しかしアルフォンスは気にした風もなく、先を書かせようとする。

「早く続きを書いてくれないか」

愉しげな声だった。そのことが、セシルの胸をいっそう苦しくさせていた。こんなことをさせて、なにが愉しいのか、彼女にはまったく理解できない。

——そのときだった。

アルフォンスの部屋の扉をノックする音が響き、セシルは息を飲む。この状況では隠れることはできない。どうか、相手を帰らせて欲しい……との、セシルの願いも虚《むな》しく、アルフォンスは相手を招き入れてしまう。

「入れ」

そうして静かに部屋に入ってきたのは、リナフルーレ宮殿でセシルを手伝うために園丁《ガーデナー》として働いている、コートネイ家の家令《ハウス・スチュワード》、オズウェルだった。セシルは驚愕《きょうがく》しながら、顔を背けてしまう。

「この時間に来るように、言づけられた者ですが」

自分の主人が、淫らに組み敷かれているというのに、オズウェルはいつも通りのポーカーフェイスで、淡々とそう口にする。

「あぁ、よく来たね、オズウェル。実は、この人との関係を聞こうと思って呼んだんだ」

アルフォンスは、苦しげに喘ぐセシルの顎を摑んで、その表情をオズウェルに向けさせせた。そしてこともあろうに、背後から穿つ動きを激しくしていく。

「ひ……っん……、んんっ」

　声を殺そうとしても、できない。蜜に濡れたような甘い嬌声を洩らしてしまう。

「……」

　冷ややかな視線のオズヴェルと目が合ったセシルは、身体を震えさせる。彼はセシルに気づいても、助ける気など毛頭ない様子だった。そして儀礼《ぎれい》的にアルフォンスに言い返す。

「特筆すべきところのない、よくある関係だと思いますよ」

　主人と家令《ハウス・スチュワード》。雇用主と使用人。ふたりはただそれだけの関係だった。確かによくある関係だったが、そのような言い方をすれば、アルフォンスがますます誤解するのではないかと不安になる。しかし身元を明かすことはできず、真実を言うわけにもいかなかった。

「へぇ。よくある関係……ね」

　アルフォンスはセシルの豊満な胸を痛いぐらいに摑み上げ、彼女の身体を起こさせる。

　露わにされる胸を、セシルが両腕で隠そうとするが、彼は淫らな手つきで揉みあげ始めてしまう。

「ひ……っ……んんっ」

　敏感な突起が捏ね回される。その感触に、彼女が幼い頃から家で働いている使用人を前にしているというのに、甲高い嬌声を上げそうになってしまう。

溢れる唾液を必死に飲み下しながら、セシルが声を抑えると、グチュグチュと激しい抽送が与えられていく。ビクリとセシルの身体が大きく跳ね上がる。

「……ふっ、あっ……あぁっ……」

セシルが堪えきれず感極まった声を上げると、アルフォンスは勝ち誇ったように、密かな笑いを浮かべた。

「ふふ。……ねぇ、悪いんだけど、この人はもう私が貰ってしまったんだ。いいかな?」

アルフォンスは優しい言い方でオズウェルに尋ねるが、ピリピリとした緊張感が、部屋に満ちていた。

「……なにも問題はないかと思います。王子様に逆らう者など、この国にはおりません。お好きになされば宜しいのでは」

オズウェルはまったくセシルを助ける気はない様子だった。彼が固執《こしつ》しているエミリーに対して以外、冷たい男だと思ってはいたが、ここまでだったとは。

セシルは呆然としてしまうが、オズウェルが助けるような真似をすれば、ますます話が拗《こじ》れてしまっていただろう。

「アルフォンス様。お話がこれで終わりでしたら、私は失礼させていただきます。仕事が立て込んでいますので」

そうして深々と一礼をすると、オズウェルはそのまま立ち去って行く。

扉が閉まると、アルフォンスは忌々《いまいま》しげに言った。

「……かわいげのない男だ。君は本当に、あんな奴がいいのか？」

アルフォンスはまだ誤解しているらしかった。しかしセシルはオズウェルのことなど、想ってはいないのだ。それは相手も同じだ。

「ちが……っんんぅ」

否定しようとするセシルの身体が後ろから抱き締められ、滾る熱棒が最奥まで勢いよく突き上げられる。

「……ちが……の……っ」

ビクビクと身を震わせながら訴えるが、腰を押し回され、言葉にならない。

後ろから強引にセシルの身体を揺さ振り、ぬめる肉洞を穿《うが》ちながら、アルフォンスは凶器じみた声で熱っぽく囁く。

「君はもう、あの男に捨てられてしまったみたいだよ。かわいそうに。でも……代わりに私が、大事にしてあげるから安心するといいよ」

脈打つ肉茎の太い根元が、媚肉《びにく》を責めるようにグリグリと、押し回される。

「……ひっんぅ……っ」

押し潰される恰好となった花芯がジンとした疼きを、何度も身体に駆け巡らせていく。

断続的に与えられる愉悦を、渇望《かつぼう》した身体が心を裏切り、セシルは腰を揺らし始めてしまう。

「ふ……ぁ……、はぁ……、あ……っ」

飢《う》えた獣のように息を乱し、汗ばんだ身体を身悶えさせる彼女の胸を掴み、アルフォンスは、弧を描くようにして淫らに揉みしだいていく。

「もっと欲しい？　いいよ。しばらく邪魔者は来ないはずだから、好きなだけ抱いてあげるよ」

その宣告と共に、激しい抽送が始まった。

「あぁっ、あっ、あぁ……」

背後から腰を打ちつけられるたびに、肉のぶつかる破裂音が、部屋に響く。恍惚とした表情で唇を開き、喘ぎ声を上げるセシルに、アルフォンスはふたたびペンを握らせる。

「でも、……手紙の続きも書いて貰えるかな……、君の字で書いて欲しいんだ……『愛している、何度言っても言い足りない。この胸を掻き毟るような感情に……』」

どうして、そんな残酷なことが言えるのだろうか。

与えられる快感の渦《うず》に巻き込まれ、自制心を喪《うしな》い始めたセシルが訴える。

「いや……っ！　いや……書かな……い」

掠れる声を振り絞り、頭を振りながら拒絶する彼女を、アルフォンスは横から覗き込む。

「どうして？　私の言うことが聞けないのかい」

セシルはペンを放り投げると、アルフォンスの手に自分のそれを重ね、服従するように彼の指に口づけた。

「……い、いや……っ、聞かな……い、……代わりに、……もっと……して……」

他の女性のことなど、考えて欲しくなかった。自分だけを見て欲しくて、求めて欲しくて、セシルはそう懇願する。

するとアルフォンスは、セシルのこめかみに唇を押しつけ、艶を帯びた溜息を吐く。

「へぇ。手紙を書くよりも、私に犯される方が好きと言っているのかい？　いいね。そういうお願いだったら、聞いてもいい」

そうして彼は、まるで獣のようにセシルを揺さ振り始めた。

「君の望むだけ抱いて、私のことだけを考えさせてあげるよ。……あんな男のことは、思い出せないぐらいに……ね」

◇◇◇

「ん……っ、んぅ……あ、あふ……っ」

狂おしいほど強く舌を絡め合う。愛しい女性の媚態《びたい》にアルフォンスは理性が途切れてしまいそうになっていた。

ライティング・テーブルの椅子に腰かけ、向かい合わせにセシルの身体を抱える恰好で、収まらない欲望を抽送する。

「かわいいね。……そんなに気持ちいいのかい？」

アルフォンスの肩口に腕を回して、二度と離さないとばかりに、セシルは強くしがみついていた。尋ねられる言葉に、彼女はガクガクと頷く。

——きっと、好きな男に捨てられて、自棄《やけ》になってしまったのだろう。

他の男に抱かれているセシルを、冷淡な眼差しで見つめ、興味なげに去っていった男の顔が思い出される。確か、名前はオズウェルだったはずだ。

焦りや怒りなどが欠片《かけら》でも男の表情に滲んでいたのなら、少しは気が晴れたのかもしれない。しかしオズウェルは、アルフォンスに組み敷かれるセシルを、まったく思い遣《や》っていない様子だった。

あんな男にセシルの心が奪われていたのだと思うと、殺意すら湧いてくる。

「……んっ、……ふ……ぁっ」

考えごとをしていたため、鈍くなった動きに焦れた様子で、セシルが腰を動かし始めていた。その様相に、アルフォンスは息を飲む。

清廉だったセシルが、これほどまで淫らに変化するとは、思ってもみなかった事態だ。

「アル……フォン……ス」

あえかな声で、名前を呼ばれる。その甘美な響きに、胸の中が熱く満たされていく。

セシルに名前を呼ばれるのは、初めてのことだった。もっとその可憐《かれん》な唇から、名前を呼ばれたくて、わざとアルフォンスは繰り返させる。

「なに？　聞こえなかった。もう一度言って」

心臓が高鳴る。エメラルドグリーンの濡れた瞳で、見上げてくるセシルが、甘い声音で強請《ねだ》った。

「アルフォンス……っ、もっと……」

その瞬間に、訪れる歓喜。

——もっと、そうもっと、声が嗄《か》れるほど、自分の名前を呼んで、そして愛していると告げて欲しかった。彼女が溢れさせる蜜や、己の吐き出した白濁、そして吹き出す汗に、衣装は汚れてしまっていたが、構う余裕などない。アルフォンスは欲望のまま、熱を揺さ振り始める。

「あぁ、いいよ。好きなだけしてあげるから……」

いくら抱いても、抱き足りない。もっとセシルの奥まで満たして、すべて塞いで、なにもかも奪ってしまいたかった。

「あっ、あぁッ……っ、熱……のっ、そこ……っ、い……」

アルフォンスは、セシルの脚を抱えると、抽送を激しくしていく。熱く濡れた粘膜を押し開き、セシルの身体を上下に揺さ振りながら、脈打った肉棒を突き立てる。

「いい？　ここが好き？　なんでもするから、望みを言って」

「……んん、あぁぁっ……！」

見上げてくるセシルの美しい瞳が、アルフォンスを渇望しているように見えて、彼は穿つ熱をいつまでも治められずにいたのだった。

第五章　王室密事

意識を失っていたセシルは、ゆっくりと目を覚ました。いつの間にか、日が陰ってしまうような時間になっていたらしい。

気怠《けだる》い身体を揺らすと、しっとりと濡れたダークブロンドの髪が波打ち、薔薇《ばら》の芳香《ほうこう》が漂う。意識を失っている間に、身体を洗われてしまっていたのだろう。セシルの頬が羞恥《しゅうち》から赤く染まる。

そして眼鏡が外されていることに気づき、慌てて探そうとするが、身体が動かない。

「……え……っ」

なにも身につけてはいないセシルの身体には、裸で横たわるアルフォンスがしがみついていた。触れた肌から、ぬくもりが伝わってきて、彼女は思わず息を飲んでしまう。

「ん……っ」

身動ぎするアルフォンスは、セシルの胸に顔を埋めるようにして抱き締め、脚を絡ませてくる。

呼吸が止まりそうなほど動揺したセシルは、アルフォンスから離れようとした。しかし眠っているにもかかわらず力強く抱き締められているため、容易に引き剝がすことはできなかった。

顔を動かして辺りを見渡すと、象嵌《ぞうがん》細工の施されたマホガニーのサイド・テーブルに、眼鏡が置かれているのを見つけた。セシルは慌てて手を伸ばし、眼鏡をかける。

「……」

髪を下ろし眼鏡を外した顔を見ても、アルフォンスはきっと、セシルが使用人ではなくコートネイ家の娘だとは気づいていないのだろう。

だからこそ、こんなにも強く腕を回しているのだ。

舞踏会の夜に、戯《たわむ》れにキスした相手のことなど、覚えてもいないに違いない。

アルフォンスの美しいブロンドに手を伸ばしてみると、さらりとした感触が伝わってくる。その瞬間、意識を失う前のことが急激に思い出されて、セシルは顔から火が噴きそうなほど真っ赤になった。

——なんてことをしてしまったのだろう。

婚約者を思うアルフォンスにやるせなくなって、自分だけを見て欲しいとばかりに、縋《すが》りつき、自ら強請《ねだ》るような真似をしてしまったのだ。

もうセシルは、フレデリック卿《きょう》と結婚することなど、考えられなかった。

戯れでもいいから、アルフォンスが婚約者と結ばれるその日まで、少しでも長く傍にいたくて堪らなくなってしまう。

「……っ」

しかしそんなことは許されない。セシルは侯爵《こうしやく》家の令嬢なのだ。王族からの申し出を断ることなどできない。それなのにフレデリック卿を裏切り、取り返しのつかない真似をしてしまったことに、胸が押し潰されそうになる。

一刻も早くコートネイ家の屋敷に帰らなければならなかった。

身を清め、アルフォンスの子を孕《はら》んでいないことを確認し、そして結婚の準備をするのだ。そうすれば誰も苦しむことなく、元の生活に戻ることができるのだから。

「……もう、終わりに……」

——自分にそう言い聞かせるように、セシルが掠《かす》れた声で呟いたとき。

アルフォンスの筋肉質な腕が彼女の頭を引き寄せて、こめかみに唇を押しつけられる。

「もう少し、眠っているといい」

彼はそう言って、セシルを温かな胸に抱いて、リネンをかけた。

——アルフォンスの言う通り、もう少しだけ。

ほんの少しでいいから、セシルはアルフォンスの胸の中に、繋いでいて欲しかった。

◇　◇　◇

アルフォンスは、その日から昼となく夜となく、セシルを抱き続けた。

ただひとつ違うのは、強引に縛りつけるようなやり方をしなくなったということ。

彼女が抗《あらが》おうとしないことも、要因なのかもしれない。アルフォンスはセシルの唇を指で触れ、愛おしくて堪らないといった様相で、そっと抱き寄せるのだ。

その姿にセシルはどうしようもなく胸が苦しくなり、抗うことを忘れてしまっていた。

——そんなある日。

リナフルーレ宮殿で、園丁《ガーデナー》として働いている、コートネイ家の家令《ハウス・スチユワード》オズウェルから久し振りの連絡があった。

裏庭で話しているところを、アルフォンスに見られ、誤解されてしまったことがあるので、ふたりは人目につかぬように階下にある食料庫で、話し始めた。

「旦那様が、別荘に来られたそうです」

静かな口調で告げるオズウェルに、セシルは眉根を寄せる。アルフォンスは、四六時中セシルを傍におき、放そうとしないのだ。今の状況で、別荘に向かうことはできない。しかし彼女が行かなければ、父スタンリーが訝《いぶか》しんでしまうだろう。

「……それでは……」

セシルは今も厨房《キッチン》にアフタヌーン・ティー用のお茶菓子を取りに行くと言って、アルフォンスの部屋を抜け出してきたのだ。長居はできなかった。

用事があると言って、一時間だけ仕事を抜けさせて貰おうか……と、思案するセシルを前に、オズウェルが口を開く。

「今回は、ご友人のリジー様の屋敷に、お泊まりに行かれたことに致しました。ご安心ください」

オズウェルの機転に、セシルはほっと息を吐く。それならば別荘に向かう必要はないだろう。娘同士の仲は良いのだが、リジーとセシルの父たちは犬猿の仲だ。彼女の屋敷にスタンリーが向かう可能性はないに等しい。

「ありがとう。助かったわ、オズウェル」

笑顔で礼を言ったセシルを、オズウェルが神妙《しんみょう》な顔つきで見据える。

「セシル様。いつまでこのお遊びを続けられるのですか」

「遊びなんかじゃないわ」

気まずさから顔を逸らして、セシルが言い返す。するとオズウェルが続けた。

「そろそろ屋敷に戻られて、ご結婚の準備を始められるべきです」

言われなくても解っていることだった。ドレスの採寸や、招待状の準備もある。いつまでもリナフルーレ宮殿に留まるわけにはいかない。

――だが、セシルはもう少しだけでもいいから、アルフォンスの傍にいたかったのだ。

「明日の舞踏会が終わるまで待ってちょうだい。屋敷に戻る準備をするから」

その舞踏会で、セシルはフレデリック卿と顔合わせすることになっていた。いくらアルフォンスでも、叔父と結婚する相手の家に、なにかひどい罰を与えるような真似はしないだろう。セシルがリナフルーレ宮殿から姿を消しても、それで大事にはならないはずだ。

セシルは深い溜息を吐いて、そう答える。

「解りました。その言葉、お忘れなきようお願い致します」

儀礼的に返事をしたオズウェルが、食料庫を出ようとしたときだった。

「オズウェル・ランバートだな。アルフォンス様がお呼びだ。一緒に来い」

食料庫の前で立っていたアルフォンスの側近が、威圧的にそう言い放つ。どうやら見張りがつけられており、ふたりが食料庫で話をしていることが、アルフォンスに伝わってしまっているらしかった。このような状況だというのに、オズウェルは動揺を見せず、側近たちに囲まれて、連れ出されていく。セシルは不安のあまり、その後ろに続いた。

長い廻廊《かいろう》を歩いていくと、次第に兵士たちの姿が多くなる。セシルも初めて足を踏み入れる場所だった。

「ここは……」

そうしてオズウェルが連れていかれたのは、剣技の練習場だった。床と壁が石畳《いしだたみ》で造られた、とても寒々しい場所だ。そして壁にはありとあらゆる剣や槍、そして甲冑《かっちゅう》が飾られている。その奥に人影があった。

側近たちを引き連れ、練習場の奥に立っていたのは、アルフォンスだった。オズウェルがやって来たのを見て取ると、彼は銀色に輝く剣を持ち、ひとり中央に進み出る。

「オズウェル……だったか。私の相手をしろ」

そして普段の彼からは想像もできないほど、剣呑《けんのん》な眼差しを向けて、そう言い放つ。

「私はただの園丁《ガーデナー》ですよ」

オズウェルは肩をすくめながら、無表情に言い返す。正式には、コートネイ家の家令《ハウス・スチュワード》なのだが、元来剣を扱う人間ではないのは同じだ。

「……エミリーをかけて、決闘を申し込む。剣を取れ」

剣を投げてそう言い放つアルフォンスに、飄々《ひょうひょう》としていたオズウェルがピクリと眉を動かす。

「……エミリーを？」

その声は低く怒りに満ちていた。セシルも、なぜエミリーの名が出るのか戸惑うが、自分がリナフルーレ宮殿で、そう名乗っているのを遅れて思い出す。もしかして、アルフォンスは未だにオズウェルとセシルの仲を誤解しているのかもしれない。

オズウェルは、セシルがエミリーの名を使って宮殿で働いていることを知っているはずだが、彼女の名前を聞いて、頭に血が上ってしまったのか、そのことを忘れてしまっている様子だった。普段の冷静な彼にしては、あり得ない事態だ。しかしこんな場所で、そのことを告げるわけにもいかない。

「腰抜けに用はない。逃げるのなら、エミリーのことは諦めろ」

冷ややかに告げるアルフォンスに、顎を上げたオズウェルは、高圧的に言い返した。

「アレは私のものです。たとえ王子といえども、譲れませんね」

オズウェルは、エミリーのことになると人が変わってしまう。いつもの飄々とした姿は見る影もなくなってしまっていた。

石畳に投げつけられていた剣を拾い上げ、オズウェルはゆっくりと鞘を抜いて、鋭い刃を構える。剣は模造ではなく、真剣らしかった。

このままではふたりが怪我をしてしまうかもしれない。

オズウェルは家令《ハウス・スチュワード》であるにもかかわらず、並の騎士を超えるほどの腕を持っているのだ。コートネイ家の屋敷に押し入ってきた盗賊たちを、息も乱すことなく、たったひとりで斬り殺してしまった記憶が思い出される。

「……待って！　王子様は誤解していらっしゃるのよ。オズウェルも……私が……っ」

アルフォンスの言う『エミリー』とは自分のことだと、セシルは言おうとした。

そうして声を上げて間に割って入ろうとするが、側近に遮られ前に行くことができない。

「君は黙って見ていろ」

アルフォンスはそう叱責《しっせき》するが、黙って見ていることなどできなかった。しかしここで自分がエミリーでなく、侯爵令嬢のセシル・コートネイであると暴露すれば、王家を謀《たばか》った罪で皆まで囚われることになってしまう。

「離れていてください。これだけは引くわけにはいきません」

アルフォンスの一撃を振り払いながら、オズウェルがそう告げる。

しかった。


「なかなかやるね」

剣と剣のぶつかり合う激しい音が練習場に響くが、アルフォンスは余裕の笑みを浮かべていた。どうやらオズウェルだけでなく、アルフォンスも、かなりの腕前を持っているら

「お褒めに預かり恐悦至極《きょうえつしごく》でございます」

一閃《いっせん》、また一閃と白刃がぶつかり合い、そして繰り出されていく。

「でも……実践向きじゃないな」

嘲《あざけ》るようにせせら笑ったアルフォンスが、打ち込む振りをして、オズウェルを翻弄《ほんろう》すると、ひらりと彼の剣をかわした。

「それほどでもありませんよ」

忌々《いまいま》しげにオズウェルは答えるが、次の一撃で彼の剣がはじき飛ばされた。

「チェックメイトだ」

冷ややかにそう告げたアルフォンスの刃が、オズウェルの喉元に当たる寸前で静止する。

セシルは思わず恐ろしさから瞼《まぶた》を伏せてしまう。

「そちらも……ですね」

静かにオズウェルが言い返す。瞼を開いて、そっと見つめてみると、オズウェルは隠し持っていた短剣を逆手に持ち、アルフォンスの首を狙っていた。

「いいや、お前が……だよ」

しかしアルフォンスは笑ったままだった。彼もまた短剣を隠し持ち、その切っ先でオズウェルの心臓を切り裂こうとしていたのだ。

「おやおや。なかなかやりますね」

そのような状況であるにもかかわらず、無表情のまま一向に引こうとしないオズウェルを、側近たちが取り囲む。

セシルを留めていた側近が、王子の下へと向かったため、拘束を解かれた彼女もふたりの間に割って入る。

「なにをなさっていらっしゃるのですか。おやめください」

声を上げて近づいたときだった。側近のひとりが弾いたオズウェルの短剣が、セシルへと向かってくる。

「あっ！」

セシルは息を飲んだ。突然の出来事に彼女は目を瞠《つぶ》ったまま、身動きが取れない。

――しかし。アルフォンスがセシルの身を庇い、寸前で剣をかわすことができた。

だが彼の衣装は腹部の辺りが切れてしまっていた。もしかして大怪我をしているのではないか……と、セシルが慌ててアルフォンスの裂かれた衣装を覗き込むが、微《かす》かに皮膚《ひふ》が切れているだけで済んでいた。

安堵《あんど》にほっと息を吐いていると、セシルの身体が強く抱き寄せられる。

「え……っ」

力強い腕に抱かれると、壊れそうなほど心臓が高鳴っていたことに気づく。もう少しでアルフォンスは大怪我をしていたかもしれないのだ。

彼が無事だったことを、神に感謝していると、鋭い叱責《しっせき》が飛ぶ。

「オズウェル。お前も助けることができたはずだ。どうして動かない」

それはアルフォンスの声だった。静かに佇むオズウェルに向かって、殺気立った視線を向けている。

「私が命を賭けるのは、愛しい者に対してだけですから」

オズウェルはコートネイ家に対して、忠実な家令《ハウス・スチュワード》であったが、仕事と私生活を完全に割り切るところがあった。主人の娘なので、セシルに尽くしてはいるが、命を賭けるほどの存在ではないと思っているらしかった。彼が命を賭けて守ろうとするのは、エミリーぐらいだろうと、簡単に予測できる。

「なんだと？」

しかしそんなことを知らないアルフォンスは、憤った様子で瞳を細めた。

「その程度の気持ちで……」

オズウェルに殴りかかろうとするアルフォンスを抱き締め、セシルは必死に留めようとする。しかし彼の力は強く、ずるずるとセシルの身体は引き摺られてしまう。

「なにをおっしゃられているのです。あなたと私はエミリーを賭けて戦ったのでしょう」

これ以上、真実を話されては大変なことになる。セシルは側近たちに懇願《こんがん》する。

「王子様を留めて。怪我の治療をしなければ」

セシルの言葉に、大怪我だと誤解した側近たちが、ふたりを引き剝《は》がす。

「怪我などしていない。放せっ！　その男を始末する」

暴れ出しそうなアルフォンスに縋りつき、セシルは声を荒立てる。

「王子様。どうかお部屋にお戻りください」

そうしてアルフォンスを側近たちと共に、無理やり部屋へと連れていったのだった。

◇◇◇

セシルの思った通りかすり傷だったが、破傷風《はしょうふう》になる可能性もあり、大事に越したことはない。第一王位継承権を持つ王子の怪我とあって、医務官が呼ばれた。

「君は本当に、あんな薄情な男が好きなのか」

医務官が去るなり、ふて腐《くさ》れた様子でアルフォンスが尋ねてくる。

「……オズウェルは、私のことが好きなのではなく、ずっと昔からエミリーを想っているんです」

やはりアルフォンスは、セシルのことを言っていたのだが、オズウェルはエミリーの名前に、普段の平常心や判断力を失い、売られた喧嘩《けんか》を買ってしまうことになった。これが別の名前だったのなら、オズウェルはすぐにセシルのことだと判断し、機転を利かせて、王子からの決闘の申し込みをはぐらかしたに違いない。

「だから、あの男は君を好きなのだろう?」

怪訝そうな顔で、アルフォンスが首を傾げる。どうして婚約者がいる身で、セシルのことで目くじらを立てるのか、まったく理解ができない。呆《あき》れる気持ちもあったが、心の大半は嬉しくてならなかった。

「同じ名前の子がいるんです。……エミリーは私の乳母姉妹です」

本当のことは言えない。せめて半分だけ真実を話すと、アルフォンスはそのことについては、なぜかすぐに了承した様子だった。

「それで……。他の女を好きな男を追ってきたというのか」

しかしアルフォンスは、また曲解してしまう。

「違います」

頭痛がする思いでそう答えるが、セシルがオズウェルを想っているという考えは、消してくれないらしかった。

「話は後にして、明日のご準備をお願いします。王子様が不在では舞踏会が始まりませんから」

これ以上、アルフォンスと話していては真実を語ってしまいそうで、セシルは廊下にいたレディーズ・メイドを呼び寄せる。彼女たちは明日のために作られたアルフォンスの衣装を合わせにきたのだ。これからこまかな仕上げをしていかなければならない。

「終わる頃に参ります」

入れ替わるように一礼して、セシルはアルフォンスの部屋を退出する。

「待て、話は終わっていない」

激高するアルフォンスの声を、聞こえなかったふりをして、セシルは階下へと降りていく。セシルも明日の準備をしなければならないからだ。

オズウェルが客室のひとつを、用意してくれる手筈だった。

侍女としての仕事を済ませてから、その部屋でドレスに着替えて、セシルはフレデリック卿に挨拶することになっていた。父のスタンリーには別荘から、直接リナフルーレ宮殿に行くと伝えてある。そして明日が終われば、セシルはコートネイ家の屋敷へと戻る約束だ。

「できることは、すべて終わらせておかないと」

目まぐるしい一日を思い、セシルは深く息を吐いた。

第六章　閉じ込められた虜囚

「舞踏会に乗じて、逃げ出せるなんて、思わないようにね」

アルフォンスを目覚めさせる際、告げられた言葉が思い出された。平静を装うことができたのは、奇跡だったのかもしれない。この舞踏会が終われば、セシルは人混みに乗じて、屋敷に帰るつもりだからだ。

すべてを見越したような物言いのアルフォンスに、セシルは驚いてしまう。

「なんのことでしょうか。私には仕事がありますから」

舞踏会は大規模なもので、ディネレア王国中の貴族が集まるものだった。人手も多くいるため、アルフォンスの傍付き侍女であるセシルも、準備を手伝うことになっていた。

「ドレスを用意してあげようか。そうすれば、一緒に踊れるだろう」

思いつきで告げられたアルフォンスの言葉に、ギクリとセシルの身体が強張る。

「お戯《たわむ》れはお止しください。侍女とダンスなど踊っては、王子様のお名前に傷がつきます」

素っ気なく返して、セシルはアルフォンスの部屋を出た。

そしてその日は、目まぐるしいほど、準備に追われることとなった。食事や飲み物、食器などを準備し、客人たちを迎え入れる。

今日はアルフォンスの婚約者もやってくることになっているらしい。その噂を階下で聞いたセシルは、落ち着かなくなってしまう。

婚約者と共に過ごすアルフォンスを見て、平静でいる自信などない。しかしフレデリック卿《きょう》と顔合わせすることになっているセシルは、仕事を抜け出し、コートネイ家の令嬢として舞踏会に顔を出さなくてはならなかった。

そうして夜更けになって、大広間《ホール》での舞踏会が始まった。セシルは食べ物や飲み物などを運ぶ役になり、忙しく会場内を歩いていた。使用人として大広間《ホール》に入るのは、初めてのことだ。今まで、気づかなかったことにも、目を止めることができる。

その中でも一番の驚きは、ベアトリス卿のことだった。彼は人目のない場所でのみ、いつも馴れ馴れしくセシルに近づいていたのだが、使用人に対しては、蔑《さげす》むような態度で接していた。

「使用人ごときが気安く私に近寄るな！　とっととグラスを下げろ」

早くから来て、酒を浴びるように飲んでいるせいか、ベアトリス卿は、顔を真っ赤にしていた。足も覚束ない。セシルはそれを気遣い、水の入ったグラスを渡そうとしただけだった。セシルは、深く頭を下げて謝罪すると、彼から離れる。

初めは、アルフォンスに対して、今のベアトリス卿のような裏の顔があるのではないかと、彼を嫌いになるために近づいたのだ。そうして恋など幻想だと、自分を納得させようとしていたことを思い出す。

「……」

だがアルフォンスは使用人だからと蔑むような人間ではなかった。最近の縋《すが》るような眼差しが思い出され、アルフォンスを想うと、セシルは胸が苦しくなってしまう。

しかし今日でもうお別れだ。二度とアルフォンスに近づくことはない。セシルは元の生活に戻り、そしてフレデリック卿と結婚することになる。アルフォンスの傍に寄り添うことなどできない。そう思うと、暗い気持ちに囚われてしまう。

だがセシルがどれほど気落ちしていても、仕事は山のようにあった。

舞踏会は遅くまで続く。新しい料理と、卓上に並べられていたものを、そろそろ交換する時間だった。早い時間には、オードブルや肉料理、魚料理などが中心になっており、時間が経つと、デザートなどの甘いお菓子や氷菓子、フルーツなどが増えるのだ。

給仕の仕事を懸命《けんめい》にこなし、一段落ち着いた頃になって、やっとアルフォンスが会場内にやってくる。彼が姿を現すと、大広間《ホール》内がざわめき、アルフォンスを中心に、人が集まっていく。

あの貴族たちのなかに、彼の婚約者がいるのだろうか……。見ていられなくなって、セシルが思わず顔を逸らしたとき、父スタンリーが人を捜す様子で、歩いている姿を見つける。どうやらセシルを捜しているらしかった。まさか侍女の姿でセシルが大広間《ホール》で働いているなど、父は夢にも思わないだろう。見つかってしまえば、大変なことになってしまう。

そろそろ頃合いだと考え、セシルはオズウェルが事前に用意してくれた客室へと向かった。部屋の中には、ドレス一式と宝石や化粧品などが置かれている。

ドレスは見たことのないものだった。また父がセシルのために誂《あつら》えたものなのだろう。

薄いオレンジ色をしたシルクサテンに幾重にも純白のボビンレースが飾られている。すっきりとした肩口と腕、袖口にもボビンレースが重ねられて、肘の辺りにはリボンがある。

胸元はスクエアの形に開いており、かわいらしいコサージュがついていた。ふわりと広がるスカートは、まるで花の妖精のように可憐だ。首に飾るのは、白と黒のエナメル細工がされた、ガーネットとダイヤモンドのネックレスだ。イヤリングまで揃えてある。

「早く着替えないと……」

いつも手伝ってくれるエミリーは、ここにはいない。ひとりで身につけなければならなかった。セシルは四苦八苦して、コルセットを締めると、ドレスを急いで身につけ、髪を緩く束《たば》ねる。髪留めには胸のコサージュとお揃いの花が使われていた。

最後に、赤い瓶の香水をつけた。するとふわりと薔薇の芳香が漂う。普段はあまり香水を使わないのだが、仕事をした後だったので、汗ばんでいてはいけないと、セシルは考えたのだ。

「いい匂い……」

少しだけ優雅な気持ちに包まれ、セシルは気を引き締めると、辺りを覗《うかが》って、客室の外へと出る。

「お父様を捜さないと……」

今日は、初めてフレデリック卿と顔合わせをする日だった。父スタンリーの決めた婚約者とはいえ、セシルの未来の夫になる相手だ。そしてフレデリック卿は国王の弟で、アルフォンスの叔父にあたる王家の人である。決して失礼のないように努めなければならない。

しかし甥《おい》と身体の関係を結んだ女だと知れば、きっとフレデリック卿は激怒するに違いない。そう思うとセシルは足が震え、逃げ出したい衝動に駆られる。だがセシルがフレデリック卿と顔合わせをしなければ父の面子《メンツ》を潰すことになるのだ。そんなことはできない。

そうしてセシルが大広間《ホール》に急いで戻ろうとしていると、前室でベアトリス卿の姿を見つけた。先ほどの高慢《こうまん》な態度が思い出され、思わず顔を顰《しか》めそうになるが、セシルは平静を努めて、横を通り過ぎようとする。

――しかし。

「これは、これは。我が愛《いと》しのセシル嬢ではありませんか。相変わらず、お美しい」

平身低頭な態度で、ベアトリス卿が話しかけてきた。

「お久しぶりね。ベアトリス様。ご機嫌いかが？」

作り笑いを浮かべて答えると、彼は進行方向を塞ぎ、セシルの前に立ちはだかる。

「つまらない舞踏会だと、飽いていたところでしたが、大輪の薔薇さえも霞《かす》むほど美しい貴女にお会いできて、感激に胸を震わせているところですよ」

王家が主催している舞踏会を、つまらないなどと、不謹慎《ふきんしん》なことを言うべきではない。

セシルは呆れながらも、彼を追い越そうとするが、そのたびに前を塞《ふさ》がれてしまう。

「ありがとう。お上手ね。……私、お父様のところへ行かなければならないの。通してくださるかしら」

ついに堪えかねたセシルがベアトリス卿に告げるが、彼は大仰に肩をすくめて、聞き入れようとしない。

「そう冷たいことをおっしゃらずに、夜は長いのですから、俺とこのひとときを愉しみませんか」

ベアトリス卿と語らうなど、真っ平だった。昔、庭園に無理やり連れ出されそうになったことを思い出し、セシルは眉根を寄せる。

「ごめんなさい。私、今夜は早く帰らなければならないの。せっかくのお誘いですけれど、お付き合いできないわ」

セシルが拒絶の言葉を口にすると、ベアトリス卿の顔色が変わる。どうやら機嫌を損ねてしまったらしい。

「少しぐらい、いいではありませんか」

強引にセシルの腕をベアトリス卿が掴もうとしたときだった。ふたりの間に人影が割って入る。背の高い男性だった。セシルは顔を見上げて、息を飲む。

そこに立っていたのは、アルフォンスだったからだ。

「彼女とはダンスの先約があってね。……お邪魔だっただろうか」

前にもこうして、ベアトリス卿に絡まれているところを、アルフォンスに助け出されたことが思い出される。

セシルは俯きながら、心臓を高鳴らせてしまう。こんな感情を抱いてはいけないのに、まるで滝の水がこぼれ落ちていくように、思いを止めることができない。

「いいえ、彼女とは世間話をしていただけです。どうぞ、俺にはお構いなくっ」

ベアトリス卿が慌てて去っていく後ろ姿が消えると、アルフォンスがセシルに向き直る。

「大丈夫かい」

「はい。助けていただきまして、ありがとうございます」

そう答えて、セシルは丁寧にお辞儀をした。

彼はこうして、セシルを助けたことが初めてではないなどと、夢にも思わないのだろう。顔を上げては、侍女のエミリーだと気づかれるかもしれない……。そう思って俯いたままでいると、アルフォンスは彼女に手を差し伸べる。

「……?」

「先ほどの男が戻って来てはいけない。せっかくだから、一曲踊らないか」

アルフォンスは舞踏会などの集まりを嫌って、二年ほど前までは、貴族たちの前に顔を見せることもなかった人物だった。そして最近では王位を継ぐ自覚が出てきたのか、集まりには参加していたが、誰かとダンスを踊っている姿など、セシルは見たことがない。

「お誘いは嬉しいのですが……」

こんな姿を、彼の婚約者が見つけては、訝しがられるのではないかとセシルは困惑する。

「私とでは、不服かい」

そんな言い方をされては、断れない。セシルはできるだけ、視線を合わせないようにして、その申し出を受けることにした。ふたりで手を重ねて、大広間《ホール》に向かうと、身体を寄り添わせ、ワルツを踊り始める。

貴族たちは驚いた様子で、ふたりの姿を遠巻きに見つめていた。

「そんなに離れていては踊りにくいだろう?」

クスリと笑われて、セシルは真っ赤になってしまう。アルフォンスにできるだけ身体が触れないように努めていたのを、気づかれてしまったからだ。

「私はこれぐらいが踊りやすいのです」

顔を背けながら、セシルが嘘を吐くと、アルフォンスに引き寄せられる。

「……っ」

転げそうになった彼女が、アルフォンスの胸の中に抱き締められる。目を瞠りながら、セシルは息を飲んだ。

「……すまないが、私はこれぐらいがちょうど良い」

ステップを踏んでいた足が止まる。オーケストラの奏でる旋律《せんりつ》が、遠くに感じられる。

鼻腔《びこう》を擽《くすぐ》るのは、アルフォンスがいつも纏《まと》っている香水だった。目映《まばゆ》さに眩んだように、セシルは瞳を閉じた。

「ごめんなさい。もう行かなくては……」

アルフォンスとセシルが身を寄せあって、一見親密な姿で踊っているのを、父やフレデリック卿に見られては大変なことになる。それは婚約者が顔を出している、アルフォンスも同じだ。

普段のアルフォンスは、誰ともダンスを踊らないことで有名なのだ。それなのに彼の婚約者を前にして、他の相手とダンスしているなんて、気を悪くするだけではすまないだろう。セシルの考えを証明するように、舞踏会の会場が騒がしくなってくる。貴族たちは一様に、こちらを眺めていた。

アルフォンスの広い胸をそっと押し返すと、セシルは小さくお辞儀をして踵を返して、その場を立ち去って行く。

それから父スタンリーの姿を求めて、大広間《ホール》内をくまなく捜したのだが、見つけることができなかった。フレデリック卿も同じだ。セシルは、どうしてだか解らず首を傾げるが、そろそろ着替えなければならない時間だった。

コートネイ家が、王家の人間と結婚することが発表されれば、『侍女エミリー』が急に消えても、アルフォンスは父に罰を与えるような真似はしないだろう……と、考えていた。

しかし今夜でなくとも、それは近々彼も知ることになるだろう。

セシルはこのままリナフルーレ宮殿をあとにするつもりだった。今夜は宮殿にかかる、橋桁が定時に上がることはなかったが、人混みに紛れたほうが、目に付かなくて済むと考えたからだ。

「……」

押し黙ったセシルが、大広間《ホール》内を見渡してみると、アルフォンスが貴族たちに囲まれ、笑顔を浮かべている様子が見える。今夜はセシルと共に踊っていたため、我先にと、彼を誘おうとする令嬢たちが多くいるらしい。

「もう……」

二度と彼に心惹《ひ》かれたりなどしない。今夜で最後だ。

アルフォンスの甘い言葉も、温かい腕も、ふたたびセシルに与えられることはない。

彼は婚約者と、そしてセシルはフレデリック卿と結婚するのだ。次に出会ったときには、セシルは彼の叔母という立場になり、王位を継ぐ彼を見守らなければならなかった。

リナフルーレ宮殿で働く『エミリー』ではなく、コートネイ家の令嬢『セシル』という本来の立場に戻るときがきただけのこと。哀しい……なんて、思うのは間違っている。

愉しげに笑う彼の笑顔を、心に焼きつけ、セシルは踵を返すと、ひとり客室へと戻っていった。

◇◇◇

そうして客室に戻ったセシルは、ドレスなどが入っていた木箱を前に、途方に暮れてしまう。舞踏会が終わった後のことを、オズウェルと話し合うのを忘れていたからだ。このまま放置するわけにもいかない。待女部屋にまだ荷物もある。

どうやって運びだそうかと考えていると、部屋の扉がノックされる。

「ちょうど良かったわ。オズウェル、宮殿を出るのに、どうやって荷物を運べばいいのか、悩んでいたの」

ウォルナット製の椅子に腰かけ、鏡台に向かって、ネックレスを外しながらセシルが声をかけるが、返事はなかった。セシルは不思議に思って、首を傾げながら振り返る。

「……っ！」

するとそこには、壁に凭《もた》れて腕を組むアルフォンスの姿があった。セシルはあまりの驚きに、声にならない。

「オズウェルとどこに消えるつもりなんだい。セ、セシル・コ、ー、ト、ネ、イ。……あぁ、リナフルーレ宮殿では、『エミリー』だったかな」

アルフォンスの言葉に、彼がセシルの素性を知ってしまったのだと気づく。

「いつ解ってしまわれたの？　ダンスであなたに近づいてしまったから？」

セシルは、震える声で彼に尋ねた。

「いいや。君が宮殿に来て、窓を拭いていたときから、知っていたよ。眼鏡ぐらいじゃ、君の顔は隠せない」

それは初めてアルフォンスが、侍女として働くセシルを見つけたときのことだった。彼は最初から、セシルがコートネイ家の娘だと知っていたことになる。

「私をからかっていらっしゃったの？　だから……、あんなことを……」

すべて知っていたのなら、アルフォンスはさぞかし面白かったことだろう。まるで道化師にでもなった気分だ。セシルは笑いを浮かべようとしたが、上手くできず、泣きそうになった。

「からかってなんかいないよ。君が私のものだから、自由にしただけだ」

セシルは、アルフォンスの所有物になどなった覚えはない。いくら王子とはいえ、彼女を自由にする権利などない。

「ひどいわ」

呆然として呟くと、アルフォンスは肩をすくめてみせた。

「ひどいのは、約束を破って消えようとしている君の方だろう」

舞踏会が始まる前に、アルフォンスに告げられた言葉が思い出される。

『舞踏会に乗じて、逃げ出せるなんて、思わないようにね』

しかしあれは約束させられたのではない。一方的に宣言されただけだ。セシルはそんなことをしないなどと、一言も口にした覚えはなかった。

「それにしても君は目を離すと、すぐに男に取り入ってしまうんだね」

彼はベアトリス卿のことを言っているらしかった。あの男に絡まれて、セシルが助けられたのは二度目だった。しかし望んでしていたことではない。

「私が、誘ったわけじゃないわ」

ムッとしながら、セシルは言い返す。

「あぁ、そうだろうね。君のような美しい人には、どんな罰が待ち受けていようとも、男は近づかずにはいられない」

世界中の美を集めたようなアルフォンスに言われても、褒められた気はしなかった。それにセシルに近づいたからといって、誰が罰を与えるというのだろうか。

困惑するセシルを、アルフォンスのサファイアブルーの瞳が見つめる。その視線の強さに、思わず顔を背けた。

「……冗談はやめてくださらないかしら」

「私は本気だよ」

視線を外している間に、アルフォンスは足音もなく彼女に近づいていた。セシルが気づいたときには、彼は隣にいて、首筋に顔を埋めてくる。

アルフォンスの微かに触れる吐息や、唇の感触に、ゾクリと身体が引き攣る。

「薔薇の香りがするな。誰のためにつけたんだい？」

普段、セシルは香水を使うことなどなかった。今夜の舞踏会で香りを纏ったのは、汗を掻いているかもしれないからと、心配しただけだ。

アルフォンスの言うような意図などない。

「自分のためにつけただけよ」

「誰か、誘惑したい相手がいたんじゃないのか」

正直に話したつもりなのに、間違った見方で言い返され、セシルは怒りを覚える。

「そんなはずないでしょう！」

アルフォンスから、少しでも離れようとした。しかし腕を摑まれ、いっそう引き寄せられてしまう。

「確固たる証拠などない。あるのは結果だけさ」

アルフォンスはまだ、ベアトリス卿に声をかけられていたことを、言っているらしかった。執拗に責め立てられても、セシルにはどうしようもないことだったのに。

「いい香りだ。この香りはどこかで嗅いだ覚えがあるけど、君の体臭と混じるといっそう芳しいな。どうしようもなく惹き寄せられてしまう。……愚かなほどに」

アルフォンスはそう言って、鼻先で色白なセシルの首筋を擽るようにしながら、ねっとりとした舌を這わせ始める。濡れた熱い感触に、セシルは身震いを覚えた。

淫靡《いんび》な空気が、部屋に満ち始める。

――このままではいけない。そうセシルの本能が訴えていた。

「……やめて……。私……もう、ここを出ていかなくては……」

身を捩りながら、セシルはアルフォンスを引き剝がそうとした。だが、痛いほど首筋を吸い上げられ、ビクリと身体を強張らせる。

そんなに吸われては、痕《あと》が残ってしまう。このままコートネイ家の屋敷に戻れば、父に気づかれるに違いなかった。

「お願い……やめて……」

耳朶まで唇を這わされ、低い声音でアルフォンスが囁く。

「私から逃げ出し、宮殿を出て他の男の妻に収まるってわけか。私を弄《もてあそ》んで楽しかったかい？　セシル」

フレデリック卿の妻になるということは、すでに定められていたことだ。だからといって、アルフォンスを弄んだつもりはない。むしろ弄ばれているのは、セシルの方に思えた。

「王子様を弄んでなんていないわ。変な言い方しないで」

いやいやをするようにセシルが頭を振る。しかしアルフォンスの腕は離れない。

「あぁ、すまないね。私にはそうとしか思えなかったんだ」

これ以上、責めないで欲しかった。セシルはアルフォンスへの思いを断ち切りたくて、リナフルーレ宮殿にやってきただけなのに……。

「もう止めて。名前や身分を偽った罰なら……、充分受けたはずでしょう」

無理やり身体を押し開かれ、結婚を間近に控えた身でありながら、子を孕《はら》むかもしれない大罪を犯すこととなった。これ以上、どうすれば許されるというのか。

「だめだ」

鋭い声でアルフォンスが言い放つ。

「君には一生かけて、償《つぐな》って貰う。君は王家の一員になるんだ」

アルフォンスはすでに、セシルがフレデリック卿と結婚することを知っているらしかった。それが解っていて、セシルを抱いたのだと知り、愕然《がくぜん》とする。

このままフレデリック卿と結婚し、彼の甥であるアルフォンスの愛人になれと、彼は言っているのだ。ひとときの罪を償わせるために。

「そんなことはできないわ」

アルフォンスの告げた、信じられない言葉に驚愕《きょうがく》しながら、セシルは拒絶する。

「できるとも、私の身体は気に入ったのだろう？」

セシルの耳に、嘲《あざけ》るような笑いが聞こえた。何度も喘《あえ》がされたことを思い出し、羞恥から、カッと身体が火照ってしまう。

「変な言い方しないで」

力の限り、アルフォンスを振り解き、セシルは彼から離れる。セシルの心臓は激しく高鳴り、息が乱れてしまっていた。

腕を伸ばしてくる彼から、セシルは少しでも遠ざかろうと隣室に足を向ける。しかし開いた扉の先は寝室だった。整えられたベッドを前に、セシルは息を飲む。部屋の扉には鍵もなかった。これでは逃げることができない。

それでもセシルは、そのまま奥の壁に張りつくようにして、アルフォンスから逃れようとする。

「もう逃げ場はないね。……それとも私をこの部屋に連れて来たかったのかい」

そんなつもりなどなかった。違う。セシルは首を横に振って、走り出そうとするが、アルフォンスの腕に摑まってしまう。

「そのドレスでは走れやしないよ」

煌《きら》びやかなドレスは、見た目よりもずっと重量感がある。重しをつけられた状態で、か弱い女性が走れるはずがなかった。そうしてアルフォンスに引き摺《ず》られるようにして、セシルはベッドに押しつけられる。

「あ……っ」

リネンの上に倒れ込むセシルに、アルフォンスは覆い被さり、勝ち誇ったような笑みを浮かべた。

「これからも君は、私の望むときにこうして足を開き、受け入れるんだ」

人の妻である身でありながらも、身を捧げ続け、そしてアルフォンスが、飽きたときに捨てられるというのだろうか。

「……いや……っ。どうして、そんなひどいことを言うの」

ベッドをずり上がり、逃げようとするセシルの脚が摑まれる。彼はその爪先を摑むと、そっとパンプスを脱がして、恭しく口づける。

「私がそう望んでいるからだ」

セシルが履いている絹の靴下を脱がし、震える足の爪先を、口に含んだ。アルフォンスの口腔《こうこう》に指を含まれる、ぬるついた感触に、胃の奥がすくみ上がってしまう。

「やめて……」

掠れた声で訴える。しかし爪先から走る痺れが、毒のように全身に広がり、セシルの抵抗をなくしていくようだった。

「嫌だなんて、言わせない」

アルフォンスは器用に、セシルの身に纏う、ドレスとコルセットの紐《ひも》を緩めた。すると彼女の豊満な胸が露わになる。申し訳程度に腹部にまつわりつくコルセットが、セシルの胸の膨らみを卑猥《ひわい》な形に押し上げていた。

「君は私の意に、ただ従えばいい。そうすればどんな願いでも叶えてみせる。悪くはない提案だろう」

柔らかな胸の膨らみが掴まれ、薄赤い突起が擽られる。するとセシルの意に反して、乳首が固く隆起していく。

「……んっ」

息を止めて、触れられる感触に堪えようとした。しかしアルフォンスの手によって繰り返し、快楽を与えられ続けた身体が、淫らに反応してしまうのだ。

ゆるゆるとした手つきで、乳首が捏ね回される。すると与えられる疼《うず》きとくすぐったさに、ビクビクと身体が引き攣《つ》ってしまう。

「それとも、その気もない男に触れられて、乳首を立たせ濡らすほど、淫乱だとでも？」

淫乱などではない。セシルはひどい言葉に苛立ちを隠せず、アルフォンスを睨みつけた。

「……」

しかし彼は怯むどころか、愉しげに笑うばかりだ。

「いいね。……ますます泣かせたくなる。その顔が私を、おかしくさせるんだ。解っているのかい」

触れた胸に顔を近づけたアルフォンスは、濡れた舌先で乳首をねっとりと舐め上げた後、唇に含み、口腔で扱くように吸い上げ始める。

「やっ……、やめて……」

力の入らない手で、彼の身体を押し返そうとする。だが巧みな舌の動きに、強請《ねだ》るように肩を揺らした。

「……んっ」

敏感な乳首の側面が、熱い舌先に擦られるだけで、セシルは堪えきれずに、声を上げそうになっていた。

「かわいいセシル」

情事の最中に名前を呼ばれるのは初めてだった。ドクリとセシルの心臓が跳ねる。

そんな彼女をじっと見つめたアルフォンスは、柔らかな胸の膨らみに鼻先を押しつけた。

「噎《む》せ返るほど……、いい匂いだ。……狂わされそうになる」

長いドレスの裾が捲り上げられ、セシルの華奢な足が露わにされていく。

太腿を固く閉じようとした足を開かれ、ドロワーズの中心に、指が這《は》わされ始めた。

「いや、……私はもう狂っているのかもしれないな」

自嘲気味に笑ったアルフォンスは、薄い布地の上から、セシルの媚肉《びにく》を何度も擦りつけていく。そして舌先で乳首を捏ね回す行為を、執拗に続けていった。

じっとりとドロワーズが湿り始める。感じた身体のせいで、媚肉の間から蜜《みつ》が滲《にじ》み始めていた。

「んっ、んっ、指、放して……」

身体を揺らしながら訴えると、気に入らない言葉だとばかりに、乳首に歯を立てられてしまう。

「……ひ……ぅっ！」

鈍い痛みが、薄赤い突起の先端から背筋に這って、セシルは小さな悲鳴を上げた。

「どうして？　濡れてきたみたいだけど……。あぁ……そうか。指じゃなく、舐めて欲しいってことなのかな」

嫌がっているのを、解っていないはずなどないのに、アルフォンスはセシルがまるで欲しがっているかのような言い方をする。

「ちがっ……っ、止め……て……」

息を乱しながら、そう訴えるセシルのドロワーズが、引き摺り下ろされる。すると濃密な蜜の匂いが鼻腔《びこう》を擽り、セシルは羞恥《しゅうち》に顔が熱くなっていく。

ていても。

違う。これは間違いだと言いたかった。そんなことを口にしても、無駄だと本当は解っ

アルフォンスは、セシルのじっとりと濡れそぼった媚肉の間を探り、花びらのような突起を探り当てる。そして指で包皮を剝いて、小さな肉芽を擽った。

「固く膨れている。興奮しているんだね。……私もだよ」

熱く膨れた花芯を、蜜を塗り込むようにして指で辿られると、ジンとした疼きが身体に走っていた。

「んっ……」

セシルは必死に歯を食い縛り、与えられる感覚に堪えた。

「早く君を抱きたくて、堪らない」

恍惚《こうこつ》とした表情で囁くアルフォンスの声に、息を乱しながら反論する。

「……興奮……な……て、してな……っ」

止めどなく蜜が溢れていた。言い返したとしても、無駄と解っていても、言い返さずにはいられない。このまま大人しくアルフォンスを受け入れるわけにはいかないからだ。

「そう？　じゃあ良く確かめてみようか」

アルフォンスは首を傾げると、セシルの両足を左右に開き、身体を二つ折りにする恰好で、腰を上げさせた。

リネンに膝が押しつけられ、あられもない恰好にさせられてしまったセシルは息を飲む。

「……や……っ」

物欲しげにヒクついた淫唇が、冷たい空気に晒される感触に、肌が総毛立つ。

そうしてアルフォンスは口角を上げて、愉しげにセシルの媚肉を覗き込んだ。

「いやらしい芯《しん》が熟《う》れた果実のように赤く充血して、かわいい入り口がヒクついているね。……君は興奮していないと言っていたのに、どうして、こんな風になってるんだろう」

アルフォンスのからかうような声に、セシルの頬が灼けつきそうなほど、熱くなる。

「知らな……っ」

そんなことを言わないで欲しかった。

——淫らな身体だと、貶《おとし》めるような言葉を。

「解らない？」

感じていることを決して認めようとしないセシルの中心に顔を埋め、アルフォンスは長く濡れた舌を伸ばした。そうして彼の熱い舌先がセシルの花芯《かしん》を舐め上げ、激しい痺《しび》れが腹部にまで走り抜ける。

「ひ……んっ」

セシルは息を飲んで堪えようとするが、柔らかな内腿が震えてしまう。アルフォンスは形の良い唇で、セシルの肉芽《にくが》を咥えると、舌先で擽りながら吸い上げる行為を繰り返す。

「あっ、……あ、……あぁ……」

くぐもった甘い嬌声《きょうせい》が、堪えきれず喉をつく。まるで他人のもののような艶《つや》めいた色を

帯びた声に、このまま死んでしまいたいほどの羞恥《しゅうち》を覚えていた。

「君が感じるのは、その身も心も、すべて私のものだからだ。ほら、自覚がない君にもっと教えてあげるよ」

身勝手な宣言をしたアルフォンスは、ぬるついた舌先で、セシルの媚肉の間を舐めしゃぶり続ける。

「や……っ、そこ舐めな……っ、んんっ」

溢れる蜜を啜《すす》り上げられ、唾液を注ぐように舐め上げられる行為が繰り返される。

セシルの淫らな蜜口が、物欲しげにヒクついていた。顔や耳だけではなく、身体までもが熱を帯び、じっとりと汗ばんでいく。

「それは、舐めるだけじゃなく、指を挿れて欲しいって意味なのかな」

熱く濡れた蜜口にアルフォンスは指を押し込むと、粘膜を拡げるようにして、掻き回し始める。ひどく感じる場所を指先で擦りつけられ、セシルの身体が、ビクリと衝動的に跳ね上がる。

「ひ……っん……。……言って……な……い……わ……、そんな……こと……」

もう止めて欲しいと、セシルは訴えているだけだ。これ以上、なにも欲しくなどない。声を振り絞って否定するが、アルフォンスの指が増やされ、震える蜜口から空気が入り込む。そうして指が抽送されると、ヌチュヌチュと濡れた水音が響く。

「あぁ、すまないね。指じゃなくて、……これか」

人の悪い笑みを浮かべたアルフォンスは、セシルの内壁に押し込めた指を引き抜くと、器用に肉棒を引き摺り出す。

このままでは、ふたたび身体を繋げることになってしまう。

血の気を引かせたセシルは、腰を揺らすようにして、アルフォンスから逃れようとする。

「ちが……っ、なにも……いらな……っ」

しかし片足は摑まれたままだ。アルフォンスに覆い被さられ、身体を固定されるとまったく動けない。

「挿《い》れないで……っ」

セシルはただ悲痛な声を上げて、懇願《こんがん》するしかなかった。

「良いことを教えてあげようか。そんな愛らしく腰を揺らして拒絶されたら、止められるものも、止められなくなってしまうものだよ」

拒絶するから、無理やり身体を暴こうとしているのだろうか。思考の纏まらないセシルは、思わず逆の言葉を口にする。

「……じゃ、じゃあ……して……」

そう言えば気持ちが変わってくれると、考えてしまったからだ。セシルの言葉に呆気に取られたように目を丸くしたアルフォンスは、小さく吹き出すと、肉棒を蜜口にあてがう。

「喜んで」

思ってもみなかった言葉に、セシルは瞳を潤ませ、アルフォンスを睨みつけた。

「う……、嘘吐き……」

拒絶されたら、ねじ伏せたくなるのだと、アルフォンスに告げられたから、反対に求めるような言葉を口にしただけだった。決して、欲しがっていたわけではない。

「君が私にして欲しいと言ったから、願い通りにしているんだ」

「私が……い、嫌がる……るから……するって……言ったのに……っ」

セシルは背中を仰《の》け反らせ、少しでもアルフォンスから離れようとした。しかし足が肩口に乗せられ、ヌチリと肉棒が、押し込まれていく。

「そんなことを言ったつもりはないよ。……君がかわいい反応するから、余計に止まらなくなるって、言っただけだ」

膨れ上がった切っ先がゆっくりと埋められていった。アルフォンスの熱に慣らされた身体は、歓喜に戦慄《わなな》いたように、疼きを走らせる。

「ほら、解るかい。美味しそうに、飲み込んでいく」

ぬるつく襞は誘い込むように、アルフォンスの肉茎を深く咥《くわ》え込む。

「んっ……、んんっ！」

熱い塊《かたまり》が押し込まれていく感覚が、解らないはずがない。内壁から、すべて蕩《とろ》かされていくような熱と圧迫感に、セシルは声を上げる。

「……あっ……あふっ……っ」

ぶるりと身体が震えた。グリグリと押し回すようにアルフォンスの肉棒が突き動かされ、両足が開いた状態で抱えられる。最奥まで捩じ込まれた肉棒の幹が、腰を押し回すたびに、セシルの鋭敏な花芯を刺激し、疼きを走らせていた。

「あっ、あぁっ」

セシルの身体が仰け反るようにして波打つ。もっと、激しい快感が欲しくて、腰が揺れそうになってしまっていた。しかしそんな淫らな真似などできない。セシルは身体を強張らせ、固く瞼《まぶた》を閉じた。粘膜を押し開く熱が、伝わってくる。

これがアルフォンスの一部だと思うだけで、愛おしさと切なさで、胸が苦しくなっていく。——いっそこのまま永遠に、なにも考えられないぐらい蕩けさせて欲しかった。

「ずっとこのまま、こうしていたいぐらい気持ちがいい」

セシルだって、そうしていたい。

このままアルフォンスの熱に突き上げられ、彼の腕に抱かれて、他のなにも見えなくなってしまいたかった。

——傍にいて。そう声に出して、叫び出したくなってしまうほどに。

「君も、そうなのだろう?」

しかしセシルはアルフォンスが尋ねた言葉を、頭を横に振って否定する。

だめだ。そんな感情を持っては……。解っているのに、セシルの理性が焼き切れそうになってしまう。自戒《じかい》しようとする想いが揺さ振られ、頭の中が真っ白になるほどの眩暈がしてくる。

「……ちが……っ、違う……、気持ちよくなんてない……」

泣きそうな声で、セシルが言い返すと、アルフォンスは薄い笑いを浮かべた。

「あぁ、そうか……」

ヒステリックに呟く声が聞こえると同時に、セシルの子宮口が破れそうなほど、突き上げられ始める。熱く膨張した肉茎が、濡れそぼった襞を引き伸ばし、グチュグチュと淫らな水音を響かせながら、激しく抽送されていった。

「足りないのかな」

収斂する肉襞が、捲れ上がりそうなほど擦りつけられるたびに、セシルは身を捩るようにして胸を揺らしてしまう。

「ひ……んっ、ん、んっ！　やぁ……そんなに奥……だめ……っ」

アルフォンスの固い切っ先がグリグリと最奥を突き上げ、亀頭の根元まで引き摺り出される。溢れる蜜を掻き出していく、ぬるついた感触がセシルの背筋を走り抜け、脱力しそうになるが、すぐに熱棒を深く突き立てられていく。

「あふ……、んぁ……、いや……っ、あ、あぁっ」

背中が軋《きし》むほどの激しい抽送に、セシルは嬌声を上げながら、身悶えていた。

「これも、気持ちよくない……か。じゃあもっと、頑張らないといけないかな」

ツンと固く尖った胸の切っ先に、セシルの膝が押しつけられ、アルフォンスに揺さ振られるたびに、乳首が擦りつけられる。

「……や……っ、やぁ……ん、ンンッ……」

熱を穿《うが》たれる動きに合わせて、膝に圧迫された乳首が擦られていった。

――これ以上。

これ以上激しくされたら、おかしくなってしまう。理性をなくし、アルフォンスにしがみつき、愛を求めるような真似など、したくはなかった。

「……そ、そんな……っ」

悲痛な声を上げたセシルの身体ごと、腰が押し回される。亀頭の括《くび》れに、感じる場所を擦りつけられ、セシルは眩暈《めまい》のするほどの愉悦を走らせた。

「足りないのだろう？　ひとりだけ良くなっていては申し訳ないからね」

セシルがビクビクと身体を引き攣《つ》らせてしまう場所に気づいたアルフォンスは、執拗にその場所を擦りつけ始める。

「いや……っ、も、……もう、しないで……」

身体をのた打たせ、赤い唇を開いて、潤んだ瞳で懇願《こんがん》する。彼女の束ねた髪が乱れ、シーツの腕に波打つのを、アルフォンスは恍惚とした表情で見下ろしていた。

「だめだよ。君が良くなるまで、動いてあげるから」

熱く膨れ上がった肉棒が、引き摺り出される。ぬるぬるとした感触に、止めどなく溢れる蜜の多さを思い知らされ、恥ずかしさにいっそう熱が昂《たかぶ》っていく。

ズチュズチュと音を立てて、肉茎《にくけい》が抽送されるたびに、粘着質の水音が大きくなり、白く泡立ちながら、掻き出されていった。アルフォンスの滲ませる先走りと、セシルが溢れさせた蜜が、混じりあった淫らな液が、菊孔へと滴り落ちる。そのくすぐったさに、衝動的に腰を揺らしてしまう。

「ひぅ……っ、ん、んっ！」

　鼻にかかったような甘い喘ぎが、洩れる。悦《よ》がり狂ったように、身体を揺らしながら、足の爪先で空を掻くセシルを、アルフォンスは容赦なく責め立てる。

熱《いき》り勃った肉棒が激しく抽送されるたびに、媚肉に押しつけられる赤く充血した花芯が、止めどない快感を身体の奥底から脳髄《のうずい》にまで迫り上げていた。

「少しは良くなってきたかい？　それとも、もっと欲しい？」

　最奥まで肉茎を捩じ込み、身体でセシルの太腿を押さえつけたアルフォンスは、快感の極みを走らせる肉芽を長い指で擦りつけ始める。

「も、もう……いい、もう……いいの……っ、しな……でっ！　……あっ……あふっ」

　セシルが甘い声音で懇願する間にも、止めどなく蜜を滲ませて震える肉襞を嬲《なぶ》るように、腰が押し回されていった。

「いやらしい顔だね。声も、甘くてそそられるよ。……夢中になってしまう」

　熱い吐息と共に、アルフォンスが掠れた声で囁く。

　もうなにも見ないで欲しかった。こんないやらしい真似をされているのに、恍惚とした表情で、唇を震わせる淫らな姿を。そしてなにも聞かないで欲しかった、どうしようもなく喉を突いて出てしまう嬌声を。

「……も……っ、も……っ、やぁ……っ、あっ、あぁっ」

言葉にならない声で訴えるセシルの肉洞を、みっちりと脈打つ肉棒で埋め尽くし、アルフォンスが尋ねる。

「もっと？　まだ触れて欲しいところがあるのかい？」

角度を持った切っ先が内壁を擦りつけながら、探るように突き上げていった。

「んっ、んぅっ……そこ……、だめ……っ」

子宮口を突き上げ、感じる場所を擦りつける行為を繰り返され、セシルは息も絶え絶えになってしまっていた。ビクビクと身体を引き攣らせて悶えるセシルを、アルフォンスは獲物を狙うような眼差しで見下ろす。

「嘘吐きな人だ。……かわいいけれど、どうしようもなく苛めたくなるね」

弄ぶような言葉に、セシルが潤んだ瞳で睨めつけると、肉茎が奥まで捩じ込まれ、唇を奪われてしまう。

「ん……っ、ふ……ぁ……っ、あっ……」

ぬるぬるとした舌が絡み合う。溢れる唾液を啜り上げられ、感じる舌先が何度も何度も擦り合わされる感触に、喉の奥から欲求が高まっていく。

「んく……、ん、んんっ」

鼻先から洩れる熱い吐息が、頭の中を真っ白にしてしまっていた。

「快楽の淵まで落とせば、素直になってくれるのかな」

唇が離されると、捏《こ》ね合わされた唾液が糸を引き、唇を繋ぐ。珠を結ぶ糸を舐め取ると、アルフォンスは、恐ろしい言葉を口にした。

「……っ!?」

今以上のことなど、セシルには受け入れる余裕などなかった。セシルは波打つ髪を揺らしながら、頭を横に振って否定する。

だめだ。もう二度と、身体を繋いだりしない。

セシルは他の男の妻になるのだから、こんなことをしていてはいけない。

「とりあえずは……、私のことを、君が好きだと言うまで、終わらせるつもりはないから、そのつもりで」

「言わな……、ひぅ……っ！」

嫌がるセシルを責めるかのように、花芯が強く押し潰され痛みから、ビクンと大きく身体が跳ねてしまう。反動で収縮した襞が、肉壁に穿たれた楔《くさび》を強く締めつける。

今さら気持ちを伝えて、なにが変わるというのか。

アルフォンスに対して、自分の気持ちなど絶対に言いたくなかった。

「そう？　終わらせて欲しくないなんて、かわいいことを言うね」

そう言いながらも、アルフォンスの双眸には剣呑《けんのん》な光が浮かんでいた。セシルのすべてを攫《さら》おうとする、略奪者の瞳だ。

「ちが……、早く……終わらせて」

その眼差しの強さに堪えきれずに、セシルは固く瞼を閉じて、首をすくませた。

「中に、出して欲しいってことかな」

人の妻になる身なのだ。アルフォンスの吐精を受け入れられる身体ではない。

二度と、受け入れるわけにはいかないのだ。

「……しな……い……で……。も……もぅ……っ、……外にっ」

吐精を拒むセシルの言葉を聞かず、アルフォンスは口角を上げて、薄い笑いの形を作る。

「あぁ、長くこうしていて、いっぱい出して欲しいって言ってるんだね」

訴える言葉は、すべて退けられてしまう。ただ脈打つ肉棒を受け入れるだけの傀儡《くぐつ》のように、激しく腰が打ちつけられていった。

押し開かれた肉襞《にくひだ》が、灼け尽くされそうなほどの熱を迫り上がらせてくる。

「違……っ、やぁ……あ、あぁっ、だ……めぇ……っ」

ヌチュヌチュと抽送を繰り返す熱棒に、一際甲高い嬌声を上げる。

「女性の我が儘《まま》は好まないが、愛しい君の願いなら、いくらでも聞いてあげるよ」

心臓が壊れそうなほど鼓動していた。

荒い息を繰り返し、抽送される肉茎の動きに合わせ、無意識に腰を揺らし始めたセシルに、アルフォンスは熱を帯びた声で囁く。

「全部して欲しいってことだね。ユア・マジェスティ」

からかわないで欲しかった。『女王陛下』などと呼ばれたくない。

今のセシルは侯爵令嬢どころか、愛する人と結ばれることもできない、憐《あわ》れな女でしかないのだから。セシルは泣きそうな顔で、喘ぎながらリネンの方に顔を横向ける。

「かわいい耳だ。真っ赤になっているよ」

するとアルフォンスは、そんな彼女の耳朶に顔を近づけ、濡れた舌を伸ばした。そして甘いクリームでも舐めるように、ねっとりとした舌を這い上がらせる。

「ふぁ……っ」

くすぐったさにセシルが、アルフォンスの顔を押し退けようと指を伸ばす。しかしその指さえも、肉厚の長い舌で舐め上げられてしまう。

「そのきれいな指も、私に舐めて欲しかったのかい」

ちゅっと唇に含まれ、指の間を擽られると、そこからもジンとした疼きが走っていく。

そんなことをして欲しかったわけではない。セシルは快感を迫り上がらせるアルフォンスの舌から、逃れようとしただけだ。

セシルが、ブルブルと頭を横に振る間にも、膨れ上がった屹立《きつりつ》が穿たれ続ける。

「……や……っ、やぁ……」

媚肉が戦慄き、アルフォンスの肉棒を求めるように締めつけていた。収縮した襞が突き上げられるたびに、どうしようもなく愉悦が駆け抜ける。

永遠に続くかのような責め苦に、セシルは次第に、頭の中が真っ白になり始めていた。

「次はどこがいい？　望むようにしよう、言ってくれないか」

——望むだけくれるというなら、アルフォンス自身が欲しかった。

全部。欠片も残さず、すべてを与えて欲しい。しかし、そんなことが叶うわけがない。

泣きそうに顔を歪めてセシルは、アルフォンスを見返す。

傷ついた表情でエメラルドグリーンの瞳を向けるセシルに、アルフォンスは眉根を寄せて、顔を顰めさせる。

「……そんなに私が嫌なのか」

違う。そうではない。アルフォンスを嫌いになどなれるはずがないのに。

気まぐれでセシルの身体を欲しがるなら、いっそ見向きもしないでいて欲しかった。

欲しい。もっと欲しい。彼が王子でさえなければ、セシルがすべて奪える可能性もあったかもしれないのに。

「ア……ッ、アルフォンス……」

熱に浮かされたように、セシルが名前を呼ぶ。

それが合図だった。アルフォンスが、唇を奪い、息苦しいほどの口づけを与えてくる。

——そして、壊れそうなほど、揺さ振られていく。

「ん……っ、んんぅっ……、は……っ、はぁ……っ」

セシルの身体の熱を煽り、肉襞を抽送する、逞《たくま》しい肉棒の感触に、全身がガクガクと痙攣していた。嗚咽を漏らし、エメラルドグリーンの瞳から涙を零《こぼ》しながら、セシルが腰を打ち震わせる。

「……君がどう思おうが、私は手放したりしない。はぁ……っ、諦めるといい」

ひどい男だ。愛しい人と結婚を前にしているというのに、セシルを他の男に嫁がせてなお、傍に置こうとする。

……それでも、彼の熱が、体温が、声が、匂いが、セシルのすべてを狂わせて、嫌いになることができないなんて。

苦しい。胸が苦しくて、張り裂けてしまいそうだった。

このまま熱い熱棒を穿ち、いっそ全部壊してくれたらいいのに。セシルは、そう願わずにはいられない。

「く……っ、ふ……っ」

アルフォンスが苦しげに息を乱す。そうして大きく膨れ上がった熱棒が、喜悦《きえつ》に震えるセシルの内壁に、熱い飛沫を噴き上がらせた。

「あっ、あぁっ……あぁぁっ！」

陸に打ち上げられた魚のように、身体をビクビクと引き攣らせ、膣奥に吐き出された白濁を受け止める。

アルフォンスは身体をブルリと痙攣《けいれん》させ、残滓《ざんし》までをもセシルの内壁に注ぎ込む。

「コートネイの屋敷に送り届ける。決して逃がさないから、そのつもりで」

告げられた言葉に、セシルは目の前が真っ暗になるほどの絶望を感じていた。

最終章　嘘つきな花嫁の秘めごと

セシルはアルフォンスの側近たちに囲まれ、厳重な警備の中、コートネイ家の屋敷へと連れ戻されることとなった。結婚式の当日まで、王室警備隊が監視するという宣告を受け、セシルは呆然《ぼうぜん》としてしまう。これではもう逃げることができない。

アルフォンスはどうやら、叔父であるフレデリック卿《きょう》とセシルを結婚させて、彼女を愛人にしようとしているらしかった。監視がついているのは、オズウェルとの仲を疑っているため、駆け落ちさせないためなのだろう。

——そうして、結婚式の朝を迎えることになった。

◇　◇　◇

結婚式を控えた前日の深夜、アルフォンスはコートネイ家の屋敷を訪れた。

誰もが寝静まっているような時間だ。しかしディネレア王国の第一王位継承者であるアルフォンスを拒む者などいない。

応接間《ドローイング・ルーム》でアルフォンスを迎えた、スタンリー侯爵《こうしゃく》は驚きを隠せない様子だった。

「どうかなさったのですか、王子様。もしや明日の結婚式に問題でも？」

不安そうに尋ねるスタンリーに、アルフォンスは答える。

「私の花嫁の様子を見に来ただけだ。顔を見るだけでいい。部屋に案内してくれ」

そう告げると、スタンリーは眉根を寄せた。

「セシルはもう、休んでいますが……」

いくら相手が王子で婚約者とはいえ、眠っている娘の下に、深夜に男が忍び込むのは、父親として受け入れがたいものがあるらしかった。

「構わない。早くしろ」

それを解っていてなお、アルフォンスは鋭くそう言い放つ。

「かしこまりました……こちらです」

スタンリーは自ら、屋敷の三階へとアルフォンスを案内していく。燭台《しょくだい》の明かりに照らされた屋敷は薄暗い。真夜中でも煌々《こうこう》とした明かりに照らされたリナフルーレ宮殿とは違い、魔物でも潜んでいそうな雰囲気だ。

しかしアルフォンスにとっては、そのようなことは、どうでも良かった。

ここにセシルがいる。そう思うだけで、胸が急かされる。

そうして辿り着いた部屋の扉を、スタンリーがノックしようとするのを、アルフォンスは留める。

「顔を見るだけだ。起こさなくていい」

スタンリーは不服そうにしていたが、それでもアルフォンスの言葉に従った。そうして薄暗い部屋の中を、燭台《しょくだい》の明かりを頼りに、寝室へと向かっていく。

部屋に入ると、女の子らしい内装が目に映り、アルフォンスの顔が綻《ほころ》ぶ。ドライフラワーで造られたリースが白い格子の窓際に飾られ、サテンウッドのサイドボードには、家族と一緒に映った幼い頃の写真や色鮮やかな小瓶が置かれていた。長椅子にあるクッションには、手作りらしい刺繍《ししゅう》が施されている。壁にかけられた鏡はアンティークのものだ。

セシルらしい部屋に、思わず目を奪われていたアルフォンスは、ゆっくりと寝台へと近づいていく。

そこにはしどけない姿で横たわる、セシルの姿があった。

「眠っているのか……」

小さく呟き、アルフォンスはほっと息を吐く。

セシルの動向は、王室警備隊から逐一《ちくいち》報告を受けていた。しかし結婚式の前日になって、彼女がオズウェルと駆け落ちするのではないかと、アルフォンスは居ても立ってもいられなくなってしまったのだ。

燭台をサイド・テーブルに置いて、そっとベッドに腰かける。

セシルは最後に会ったときよりも、やつれてしまったように見えた。そのことが、アルフォンスの胸を強く締めつける。

きっとアルフォンスとの結婚を嫌がり、食事も喉を通らなかったに違いない。それだけ拒まれていると解っていても、アルフォンスは彼女を手放すつもりなどなかった。

「明日になれば、君は永遠に私のものだ」

セシルの果実のような赤く柔らかな唇に指を伸ばして、そっと触れる。微《かす》かな吐息を吐く、その唇を貪《むさぼ》りたい衝動をアルフォンスはじっと堪える。

舞踏会のあの夜。長椅子に横たわるセシルに口づけたことが思い出された。あのときは簡単に触れることができたのに、今はそれが叶わない。

涙に眦《まなじり》を濡らす彼女が、アルフォンスを拒んでいるように思えてならないからだ。

——それでも。

セシルが誰を望んでいようが、アルフォンスは手放すつもりなどなかった。永遠にその腕に抱いて、他の男の存在など忘れさせてみせると、固く心に誓う。

そんなふたりを、月明かりだけが見つめていた。

◇　◇　◇

リナフルーレ宮殿に、祝福の鐘が鳴り響いていた。

宮殿に併設された教会の裏にある小殿の一室で、セシルはウェディング・ドレス姿のまま、落ち着きなく部屋の中を歩いていた。

もうすぐ結婚式が始まってしまう時間だ。

部屋に置かれた大きな鏡には、真っ青になった自分の姿が映し出されている。

身に纏っているのは、光沢のあるシルクで作られた純白のウェディング・ドレスだ。

上半身は華奢《きゃしゃ》な肢体に添う形で、スカートはふわりと広がる形になっている。そして長い繻子《サテン》のヴェールと、銀のティアラにはいくつものダイヤモンドと真珠《しんじゅ》が飾られていた。

襟口や袖につけられているのは、薔薇《ばら》をモチーフにした縁飾りのある精巧なレースだ。

それだけではなく、純白の長手袋が嵌められ、いくつもの白薔薇のコサージュと、ダイヤモンドのネックレスやイヤリングに飾りつけられている。

ドレスは王家の花嫁に相応しくなるようにと、父スタンリーが巨額のお金を注ぎ込んで作らせたものだ。そんな美しい姿に着飾っていても、結婚式に招待された貴族たちが、ぞくぞくと教会に集まってくるに従って、セシルは呼吸が苦しくなってくる。

いっそアルフォンスの子を身籠《みご》もっていれば良かったのだ。セシルはそう思わずにはいられない。そうすれば不貞を働いた娘だと罰せられたとしても、アルフォンス以外の男性と結婚しなくてすんだかもしれないというのに……。

リナフルーレ宮殿から屋敷に帰ってすぐに、生理が訪れたときは、セシルは絶望のあまり号泣してしまっていた。彼の子を孕《はら》める最後の機会を、永遠に喪《うしな》ってしまったからだ。

残されているのは、フレデリック卿と結婚する道だけだ。しかもアルフォンスは、彼を偽った罰として、セシルを愛人にしようとしているのだろう。

「……いや……」

鏡を前で小さく呟く。やはりこのまま結婚などできない。

真っ白いウェディング・ドレスを脱ごうとするが、彼女が宮殿まで着てきたドレスは、どこかに持っていかれてしまっていた。

逃げ出すなら、この姿のままで行かなければならない。

階下には王室警備隊が立っているはずだった。二階ではあるが、どうにか逃げる方法はないのかと、窓際に近づいたとき、セシルは信じられない者の姿を見つけた。

「どこに行くつもりだい」

穏やかな笑顔を浮かべながらも、冷たい双眸でセシルを見上げていたのは、アルフォンスだった。

彼は金の豪奢《ごうしゃ》な立衿や装飾の施された漆黒の正装姿で、肩口に王家の紋章が宝石や金で細工された深紅のマントを羽織っていた。髪はきっちりと整えられていて、まるで国王のような様相だ。

「そんなところでなにをなさっているの」

呆然と彼を見下ろしながら、セシルが震える声で尋ねると、アルフォンスは肩をすくめてみせる。

「結婚式から逃げ出そうとしている花嫁を、捕まえに来たんだ」

アルフォンスは、セシルが逃げ出すかもしれないことを、見越していたのだ。

……セシルが、それほどまで嫌がっていることに気づいていて、彼は結婚を強要させようとしているらしい。泣きそうになるのを堪えて、セシルは静かに言い返す。

「……見なかったことに、して欲しいの」

どうしてそんなひどいことができるのだろうか。セシルを所有するような言葉を告げ、そして抱いておきながら。

「お断りだね」

きっぱりと断言した、アルフォンスを前に、セシルは窓際から離れる。アルフォンスが窓の下から走り出す足音が聞こえていた。

アルフォンスは逃げようとするセシルを捕まえに来るつもりらしい。ドレス姿のままで、セシルは踵を返すと、廊下へと走り出る。アルフォンスはすぐにここに辿り着くだろう。その前に姿を隠さなければならない。どこかに隠れて、結婚式をやり過ごし、そしてここから逃げ出すのだ。

階段《ステアケース》の下から、こちらに駆けてくる足音が聞こえてくる。階段《ステアケース》はこの建物にひとつしかなかった。

セシルは近くの部屋に飛び込むと、大きなチェストに身体を滑り込ませ、蓋《ふた》を閉める。鍵をかけることはできないが、まさかこんなところに隠れているとは、思わないだろう。

真っ暗なチェストの中で、膝を抱えていると、次第に不安が込み上げてくる。

王族であるフレデリック卿との結婚から娘が逃げ出せば、侯爵《こうしゃく》という立場であっても、父スタンリーは罰を受けるに違いない。しかし結婚しても、セシルがすでに他の男に抱かれた身体だとフレデリック卿が気づけば、結局は同じことだった。

恐ろしさと申し訳なさに、カタカタと身体が震え出す。そうしているうちに、激しく扉を開ける音が外から聞こえてくる。どうやらアルフォンスは、ひとつひとつ部屋を回って、セシルを捜索しているようだ。

どうか気づかないで欲しい。そう願っていると、ついに彼女がいる部屋の扉が開け放たれる。

「……セシル」

優しく名前を呼ばれ、セシルは身体をビクリと引き攣《つ》らせた。そして激しく心臓が鼓動《こどう》する。

「上手に隠れたつもりみたいだけど、かわいい尻尾《しっぽ》が見えているよ。仔猫ちゃん」

そう言ってアルフォンスは、チェストの蓋を開けてしまう。どうやらドレスの裾が、外に出てしまっていたらしかった。

セシルは膝を抱えたまま、顔を上げられずにいると、アルフォンスが手を伸ばしてくる。

「いや……なの。……結婚なんてできない」

彼の手を振り払い、セシルは顔を横に振る。

「君は結婚するんだよ」

しかしアルフォンスは、冷ややかな声で言い返してくる。

「……お願いだから、私のことは放っておいて」

ヒステリックに声を荒立てるが、アルフォンスはセシルを無理やりチェストから引き摺り出してしまう。

「それはできないな」

アルフォンスはそう言うと、思いがけないほど優しくセシルの身体を抱き締める。

こんな状況だというのに、彼がいつも身に纏《まと》う官能的な匂いと、温もりに引き摺られ、セシルは縋《すが》りついてしまいそうになっていた。

「……あんなことしておいて、私にどうして結婚しろなんて、言えるの」

泣きそうな声で尋ねる。憎いからだというのなら、いっそ痛めつけるだけにして欲しかった。他の男に嫁いだ挙げ句に愛人になれなど、ひどすぎる。

「君を、愛しているからに決まっているだろう」

意味が解らなかった。セシルを愛しているのなら、なぜ他の男に無理やり嫁がせようとするのか。

「どうして、私のことを愛しているのに、無理やり結婚させようとするの？　ひどいわ」

婚約者と結婚するアルフォンスと同じく、不貞を働くという罪をセシルにも背負わせるつもりなのだろうか。それとも、他の男の妻になれば、飽きてしまった際に、後腐れなく捨てられるからなのか。

胸が張り裂けそうだった。そうしてアルフォンスの腕から逃れようと、身体を捩《よじ》らせるセシルを、彼は逃さないとばかりに強く抱き締める。

「君は生涯、私の傍で妻として過ごすんだ。どれだけ嫌がろうとも離しはしない」

アルフォンスの言葉に、セシルは抵抗していたことも忘れ、怪訝《けげん》そうに首を傾《かし》げる。

今、彼はなんと言ったのだろうか。

「……私、フレデリック卿と結婚する……のよね？」

聞き直したセシルに、彼は困惑した様子で言い返す。

「いいや。君は私と結婚するんだ。もしかしてまだ私のことを聞いてないのかい。叔父は独身主義だ。結婚なんてするはずがない」

確かにフレデリック卿は生涯独身を貫くと宣言していたはずだった。しかしセシルの結婚話が持ち上がった際、父スタンリーは確かに言ったのだ。『恐れ多くも、あのフレデリック・ブラッドレイ様だ。これでお前は王家の一員になれるのだぞ』……と。

「……だ、だってお父様は、フレデリック卿と結婚しろと私におっしゃったのよ」

呆然とするセシルに、アルフォンスは肩をすくめてみせる。

「父は年の離れた弟である叔父を溺愛《できあい》していてね。息子である私に、叔父の名前を冠している。私の正式な名前は、アルフォンス・フレデリック・ブラッドレイだ。なにか行き違いがあったようだね」

結婚話が持ち上がったときの父の興奮しきった様子が思い出される。どうやら父スタンリーは、喜びのあまりアルフォンスの名前をフルネームで言ったつもりが、一番大事なファーストネームを抜かしてしまったらしかった。

「私、それならどうして、宮殿に忍び込まなくちゃならなかったの？　そんなの……」

愕然《がくぜん》としながら、セシルが呟くと、アルフォンスは怪訝《けげん》そうに尋ねた。

「君は結婚を嫌がって、オズウェルと駆け落ちしようとしていたのではないのか？」

なぜセシルとオズウェルが駆け落ちなどしなければならないのか。彼の好きな相手は、セシルの乳母姉妹であるメイドのエミリーなのだ。そんなことはあり得ない。

「違うわ。彼には宮殿で働くための、手伝いをして貰っただけだもの。オズウェルの好きな人は、乳母姉妹のエミリーだと言ったはずだわ」

「『エミリー』は君の偽名だろう？」

ちょうどそのとき、窓の外が騒がしくなり見下ろしてみると、ちょうど当のオズウェルが、エミリーを捕まえたところだった。さっきまでセシルの着付けを手伝ってくれていたエミリーの姿が見えないと思っていたら、初めての宮殿に興味を覚えて散策に出ていたらしかった。

オズウェルを避けて、過ごしている様子だったのに、ひとりになった途端に、オズウェルに捕まってしまったのだろう。放っておくわけにはいかない。

「大変。話はあとにして、エミリーをオズウェルから助けないと」

駆け出そうとしたセシルが、アルフォンスの腕に抱き留められる。

「なるほど。あの男が命を賭ける相手は、あの子ということだな」

神妙《しんみょう》な顔で頷きながら、アルフォンスは窓の外の、ふたりの様子を見つめていた。

「それでは、深夜に君の制服のホックを、あの男が留めていた理由は？」

静かに尋ねられ、セシルはそのことを説明した。

「あのとき私は、宮殿で働いていることを知らない父に会うために、別荘に戻っていたのよ。でも橋桁《はしげた》が上がってしまうから、ちゃんと着替える時間がなくて……。オズウェルは、迎えてくれただけなの」

「……恋人ではないのか……」

セシルの話を聞いたアルフォンスは自嘲《じちょう》気味に笑うと、彼女の腰を引き寄せてくる。

「逃げたりしないから、離して。今は話をしている場合ではないの。オズウェルは、私を宮殿に入れるための報酬《ほうしゅう》を、エミリーから取ろうとしているのよ。あの子は関係がないのに」

関係がないどころか、エミリーには迷惑をかけ通しになっている状況だった。この上、災難に遭わせるわけにはいかない。

セシルは、はたと気づく。家令《ハウス・スチュワード》であるオズウェルが、セシルの結婚相手を知らないはずはないのだ。彼はセシルが誤解していると知っていて、エミリーに恩を売るためだけに、ずっと黙っていたのかもしれなかった。

「なんてこと……」

慌てて、エミリーを助けに行こうとするが、それをアルフォンスに遮《さえぎ》られてしまう。

「人の恋路を邪魔するものではないと思うよ。……それより君は、私に説明しなければ、ならないはずだが」

「え？」

セシルは困惑気味に首を傾げる。

「駆け落ちするためでないなら、いったいなにをするために、リナフルーレ宮殿に働きに来ていたんだ」

確かに、アルフォンスには理由など解らないだろう。しかし理由を話すことは躊躇《ためら》われる。セシルは返答に困りながら、真っ赤になってしまう。

「結婚が決まったから……」

「だから？」

言いたくなかった。本当は言いたくないのだが、正直に話すまでアルフォンスは、セシルを解放するつもりはなさそうだった。仕方なく、セシルは口を開いた。

「あなたを傍で見て、嫌いになろうと思ったの」

セシルが気まずい表情で告げると、アルフォンスはしばらく沈黙してしまう。

「すまない。……もう少し解りやすく言って貰えるかな」

理解できないとばかりに、アルフォンスは自分のこめかみに指を当てる。意味が解らないのは当然だろう。詳しく説明したエミリーにさえ、おかしいと言われてしまった話なのだから。セシルは恥ずかしさのあまり、声を荒立てる。

「あなたを諦めるために、嫌いになりに行ったのよ！」

するとやっと意味の解った様子のアルフォンスは、いきなり吹き出したのだった。

「結婚する男の下に？」

「だって私は、結婚相手があなただって、知らなかったのよ」

馬鹿みたいな話だった。しかしセシルは結婚相手がアルフォンスだなんて、聞いていなかったのだからしょうがない。セシルの話を聞いたアルフォンスは、いつまでも笑い続けている。こんなにも愉しそうな彼を見るのは初めてかもしれなかった。

「もう笑わないで。私は真面目な気持ちで行ったのよ。侍女としての仕事ができるようにちゃんと練習までしたのに」

真剣にアルフォンスを想ってした行動を、ここまで笑われては立つ瀬がなかった。セシルはムッとしながら顔を背けてしまう。

「それで、成功したのかい？」

嫌いになれていたのなら、今日の結婚式から、逃げ出そうだなんて思っていない。しかし当の本人に、ここまで笑われては、正直な気持ちを話したくなかった。

「あんなにひどい人だとは思わなかったわ。……いやらしいし、最低」

セシルを縛りつけ、無理やり犯すなど、許されない行為だ。ひどい言葉を投げかけ、アルフォンスが何度も彼女を抱いたことは、忘れられるはずがない。

「私は、嫌いになったのかと聞いているのだけれどね」

さっきまで笑い続けていたアルフォンスが、真摯《しんし》な顔つきで尋ねる。心なしか、その表情は悲しげで、セシルは動揺してしまっていた。

「嫌いになれたのなら、フレデリック卿との結婚だと勘違いして、逃げようとなんて、していないわ」

慌ててセシルが付け足すと、アルフォンスはほっと息を吐く。

「君の早とちりだ。私が君を誰かに譲《ゆず》るわけがないだろう。誰のものでもなく、君は私の花嫁だ」

そうして抱き締められる。白昼夢でも見ているかのようだった。

アルフォンスが、結婚相手だなんて、セシルは未だに信じられない。

「もしかして、アルフォンスは……私が、……好きなのかしら」

恐る恐る尋ねる。すべて彼の虚言《きょげん》で、ぜんぶ冗談かもしれないと、心配したからだ。

「なにか問題でも？」

しかしアルフォンスが、それがどうしたとばかりに、首を傾げる。

「早く言ってくださったら良かったのに！」

そうすれば、ここまでセシルが悩む必要などなかったのだ。食事もまともに喉を通らず、いっそ死んでしまいたいと、考えるほどに。

「何度も言ったつもりだけど？　愛しているとね。耳を貸さなかったのは君の方だ」

「だって、あんなことして……」

脅すような真似をして、無理やり身体を繋がれている状況で、信じられるはずがない。好きな相手から、彼は手紙まで貰っていたのだから。

あのときは動揺して気づかなかったが、思い返してみれば、あの特徴ある筆跡は、父スタンリーの傍付きメイドのものに酷似していた。

父は一ヶ月の間、別荘に行ったまま戻らないと宣言した娘の代わりに、勝手に手紙を用意したに違いない。今さらながらに真実に気づき、セシルは愕然《がくぜん》としてしまう。

「あんなこと？　どれのことかな。詳しく教えてくれないか」

恨みがましいセシルの言葉に、アルフォンスは飄々《ひょうひょう》として首を傾げてみせる。

「さ……最低だわ」

言えるはずがなかった。あんないやらしいことを口になどできない。

「思い出してごらん。最初から秘密ばかり作っていたのは君の方だろ」

確かにその通りだった。身分や名前を偽り、宮殿で仕え始めたセシルは、アルフォンスに本当のことなど、なにも話さなかった。

だからといって、あれはやり過ぎではないのだろうか。

「……」

顔を赤らめたまま黙り込んだセシルを前に、アルフォンスは人の悪い笑みを浮かべる。

「それとも無理やり言わされたいのかな。そういうのが好きなら、構わないけれど」

「!? ……い、言うわ。言えばいいのでしょう！」

ぞっと血の気が引いていく。無理やり椅子に縛りつけられた夜のことを思い出したからだ。あんな真似は二度とされたくない。

「そうだよ。正直に言えばいい」

しかしセシルは、押し黙ってしまう。やはり言えそうにはなかった。

「悪いけれど、君が私を嫌って、どこに行こうが、たとえ地の底に隠れても、引き摺り出して、私の妻にするつもりだ」

するとアルフォンスは、セシルの額に口づけ、当然とばかりに言って退《の》ける。

「横暴すぎるわ」

なんて身勝手な男なのだろう。

「それがゆるされる立場だと言っているだろう。君に拒否権などないよ」

確かにアルフォンスは、どんな我が儘《まま》を言っても良い立場だった。そしてセシルは、そんな彼でも、好きになってしまったのだから、拒否するつもりはなかった。しかし認めるのは、悔しすぎる。言葉をなくしたまま、アルフォンスを見上げる彼女に唇を近づけ、彼は熱い吐息と共に囁く。

「好き、だろう」

好きだ……と、頷きたくなる。しかし認めたくなくて、セシルは動揺のあまり、心にもないことを口にしてしまう。

「言っておきますけど、あんな真似しておいて、私に好かれているなんて思わないで欲しいわ！」

そしてアルフォンスの前で、ツンと顔を逸らした。しかしその顔は耳まで赤くなってしまっていて、全身で好きだと認めているも同然の姿だ。

「他の男との結婚が嫌で、ウェディング・ドレス姿のまま、窓から逃げ出そうとしたのに？」

常軌《じょうき》を逸した行動だった。侯爵令嬢のすることではない。それだけアルフォンスが好きだからだと解っていても、ついセシルは冷たく言い返した。

「バージンロードを歩けない身体にされたからよ。好き勝手して……ひどいわ」

かわいげのない言葉を口にするセシルを、アルフォンスは愉《たの》しそうに見下ろしている。

せっかく愛していると言ってくれているアルフォンスに対して、つれない素振りをするセシルを怒るどころか、彼はからかうような口調で言い返す。

「行動力がある割には、そういったことを気にするんだね。じゃあ君が孕《はら》んだら、二度と逃げられなくなるのかな。……良いことを聞いたな。ではもう一度念を押して、式の前に抱くことにしようか」

セシルは幼い頃から母に植えつけられた貞操観念を、からかわれた気分で、深い溜息と共に呟く。

「本当に、嫌な人」

それでもアルフォンスを嫌いになれないのだから、きっとセシルは重症なのだろう。

恋という名の病の。

「この私にそんなことを言うのは君ぐらいなものだよ。ユア・マジェスティ」

アルフォンスは、王子である彼に言い返すセシルを、『女王陛下』と呼んで、さらにからかおうとする。

「結婚前の女に、散々ひどいことを強要するのも、あなたぐらいよ」

もっとなにか言い返したかったが、彼女にとってアルフォンスは、王子でも王でもなく、彼自身でしかない。やり込める言葉が思いつかなかった。

「ブラッドレイの男にとって、侵略は呼吸するのも同然の行為なのだから、仕方ないだろう。悪い男に惚《ほ》れられて残念だろうけど、早く諦めるんだね」

大国であるディネレア王国の王は歴代、知略に富み、獅子《しし》のごとき勇敢さで、数々の国々を侵略し領土を広げていったと伝えられている。しかしその手腕を受け継いだからといって、セシルに対して使われては、身が持たない。

拗ねた様子で俯きながら、頬を膨らませていたセシルの腕が摑まれ、窓際に置かれているブロケード織のクッションがついた長椅子へと連れていかれる。

「アルフォンス……？」

もうすぐ結婚式の始まる時間だった。なぜ長椅子に連れていかれるのかと、セシルは目を丸くする。

「なんだい？」

尋ねながらも、アルフォンスはセシルの耳朶に唇を押し当てた。そのくすぐったさにセシルは思わず首をすくめる。

「……本当にするの？」

先ほど、セシルを抱くと宣言した彼の言葉が思い出される。躊躇いがちに尋ねると、アルフォンスは微笑んで返す。

「なにを？」

勘違いしてしまったことが恥ずかしく、彼女は慌ててアルフォンスの腕から逃げ出そうとした。

「なんでもないわ」

しかしアルフォンスに引き戻され、膝の上に乗せられてしまう。

「その通り。君を抱くつもりだ。こんなに離れていたのだから、夜まで待てない」

やはり勘違いではなかった。抱き締められる腕は温かくて、このままずっとこうしていたい気持ちはあったが、皆が待っている。

「……だめ。結婚式が始まってしまうわ」

セシルが拒絶する間にも、アルフォンスは首筋に顔を埋め、彼女の透けるように白い肌に口づけを繰り返す。

「司祭や参列者ぐらい待たせておけばいい」

待たせることになるのは、国王や王妃たちも同じだ。そんな不道徳な真似はできない。

――するわけにはいかなかった。

「皆が待っているのよ。……ドレスも汚せないし……」

結婚式から逃げようとしたセシルが言うのも、おかしい台詞《せりふ》だったが、アルフォンスと結婚できると解った今、皆に祝福されたい気持ちが勝っていた。

「君が心配するべきなのは、ドレスより、私のことだと思うけれど？」

そう言ってアルフォンスは苦笑いを浮かべる。

「……君が欲しくて、死んでしまいそうだった」

耳朶に口づけたアルフォンスが、熱を帯びた声で囁く。その声を聞いただけで、セシルは身体が疼《うず》いてしまいそうだ。

「嘘だわ」

セシルが泣き暮らしている間も、アルフォンスが外交や政務に勤《いそ》しんでいることは耳にしていた。寂しいなど、思っていたはずがない。

「どうして嘘だなんて思うんだ？　君に会いたくて、深夜コートネイの屋敷まで忍んでいったこともあるのに」

「……」

先ほどと一緒でからかっているのかと、セシルは考えるが、アルフォンスの瞳は嘘を言っているようには見えなかった。呆然とする間にも、彼は続けて言った。

「かわいい寝顔に、襲うのを堪えるだけで、一苦労だった」

誰がアルフォンスを招き入れたのだろうか。案内されなければ、セシルの部屋に彼は辿り着けない。脳裏に、アルフォンスに媚びる父の姿が思い出され、セシルは頭が痛くなりそうだった。

「王子が、盗賊のような真似をしていいと思っているの」

寝顔を見られた恥ずかしさに、真っ赤になりながら、セシルは言い返す。

「そんな真似をさせたのは、君だろう？」

すべてセシルが原因だと勝手なことを言い放つと、アルフォンスは唇を奪おうとする。

「ほら、キスができない。目を閉じて」

しかし結婚式を控えた身で、綺麗に施された化粧を剝ぐようなことはできない。

「だめ。お化粧が崩れてしまう」

アルフォンスの唇に指を押し当てて、そっと拒むと、彼は手袋をしたセシルの華奢《きゃしゃ》な指先に口づけた。

「じゃあせめて、舌を伸ばして」

言われた通りセシルは赤い舌を覗かせる。すると、アルフォンスは自らも舌を伸ばして、そっと合わせてくる。

「……んっ……」

アルフォンスの舌先が触れる、ヌルヌルとした感触に、セシルは背中を震わせた。

声を上げそうになって、セシルは離れようとするが、抱き寄せられ、さらに舌先を擦り合わされていく。

「ふ……んん……っ」

子供の戯れのような行為に、物足りなさを感じて、口づけたい衝動に駆られるが、キスできないと言ったのは、セシルの方だった。それ以上求めることもできない。何度も掠めるように舌を合わせたアルフォンスは、名残惜しげに、顔を離す。

「ドレスも脱がしてはいけないということかな」

「……そうよ」

舌を合わせるだけではなく、口づけられたくて、アルフォンスの唇を凝視してしまったセシルは慌てて、視線を逸らせながら答える。

このまま彼と抱き合っていれば、おかしな気分になりそうだった。

セシルは理性もなにもかなぐり捨て、彼に縋りつきたい衝動を堪える。そしてアルフォンスの膝の上から、滑り降りようとした。

――しかし。引き戻されてしまう。

「じゃあ決して、ドレスを乱したりしないと約束しよう。……代わりに、君には手伝って貰おうかな」

そんなセシルの渇望《かつぼう》も知らずに、アルフォンスは悪戯《いたずら》っ子のように笑った。そしてセシルが身に纏《まと》っているウェディング・ドレスの裾を捲り上げる。

「きゃあっ」

慌てて太腿の辺りで、布地を押さえるセシルに、アルフォンスは続けて言った。

「スカートの裾を持って」

「えっ」

自分でスカートの裾を持ち、足を晒せと言われたセシルは、目を瞠った。

「このままドレスを脱がされるのと、私の言いつけに従うのは、どちらがいいかな」

ウェディング・ドレスは肌にぴったりと添う形で、着つけるのも大変なものだった。脱がされてしまうと、ひとりでは着ることができない。

仕方なくセシルは目を泳がせつつも、そっとスカートを捲り上げる。すると華奢な足が露わになる。

「これは……、とても刺激的な光景だね」

感嘆の声を上げるアルフォンスに、セシルは真っ赤になってしまう。

透けるように薄い絹の靴下《くつした》をガーターベルトで留め、ドロワーズを履かずに、太腿が隠れるほどの腰布を巻いている恰好だった。

まさか人に見せることになるとは思っていなかったのに。

「着せられてしまったのだから、仕方がないでしょう」

恥ずかしさに潤んだ瞳でセシルはアルフォンスを睨みつける。好んで着た姿ではないのに、からかわれたくはなかったからだ。

「いや、悪くないよ。むしろ……、興奮を抑えるのが辛いぐらいだ」

そう言いながらも、アルフォンスは余裕の表情を浮かべてみせる。セシルは羞恥《しゅうち》のあまり、スカートの裾を持ったまま、目を逸《そ》らす。

「そのままでいて」

アルフォンスはセシルの下肢に顔を埋めると、茂みの奥にある秘裂にそっと舌を這《は》わせ始めた。

「……や……っ、んっ、んっ」

窓は開いたままだ。心地よい風が吹き込むが、声を上げては、誰に聞かれるか解らない。セシルはぬるついた舌の感触を、歯を食い縛ることで堪える。

「私が傍にいない間に、浮気などしていないだろうね」

ひどく感じる場所を、ねっとりと舐め上げながら、彼は優しく尋ねた。

「してな……」

毎日、アルフォンスのことばかり考えて過ごしていたのだ。浮気などできるはずがない。

「いい子だ。これからも、そうして貞淑な妻でいてくれないと、私はなにをするか解らないよ」

そう言ってアルフォンスは、下肢に顔を埋めたまま、剣呑な瞳で見上げてくる。その視線の強さに、ぞっと震えが走った。

「……浮気なんて、しないわ」

他の者のことなど、考える余裕などセシルにはない。このサファイアブルーの瞳に、深く囚われてしまっているのだから。

「あぁ、約束してくれ」

アルフォンスは花びらのような突起を唇で啄《ついば》み、媚肉《びにく》の間に、熱い舌を這わせていく。口腔《こうこう》でしゃぶり尽くされる感触に、セシルは腰を引かせそうになってしまっていた。

「……あ、あふ……っ」

歯を食い縛り、声を抑えようとしていたのに、思わず喘《あえ》ぎが喉を突いて出る。

執拗《しつよう》に舌の上で擦りつけられ、下肢から激しい疼《うず》きが迫り上がっていた。肩口を揺らして、セシルがビクビクと身悶えていると、アルフォンスが薄く笑ってみせる。

「舌先で蕩《とろ》けるようだね。もう君の匂いがしてきた」

じゅくりと卑猥《ひわい》な蜜《みつ》が、セシルの秘められた場所の奥地から滲《にじ》み始めていた。アルフォンスは、その蕾《つぼみ》を熱い舌で抉《えぐ》っていく。

「……そ、そんなこと、わざわざ……言わな……で……っ」

なにも言わないで欲しかった。恥ずかしさのあまり、セシルは開け放された窓から飛び降りたくなってしまう。しかしアルフォンスは、そんな彼女の気持ちを知ってか知らずか、首を傾げてみせる。

「どうして」

見上げるアルフォンスの視線と目が合ってしまったセシルは、消え入りそうな声で呟く。

「恥ずかしい……もの……、んんっ」

だから止めて欲しい。そう続けようとしたセシルを遮り、アルフォンスは敏感な花芯を、ちゅっと吸い上げて、顔を離した。

「どれだけ、君がいやらしく淫らな身体でも、私しか知らないことなのだから、恥ずかしがる必要はないよ」

いやらしい身体などではない。感じてしまうのは、アルフォンスが、巧みな唇で触れるからだ。

「あ……っ、へ、変なことを……おっしゃるのは……はぁ……っ、やめて」

拗ねたようにセシルが言い返すと、アルフォンスは肩をすくめてみせる。

「どうして？　本当のことしか言っていないよ」

どこまでもセシルのせいだと言い張るアルフォンスを前に、セシルはぷいっと顔を逸らした。

なにを言っても無駄だと解ったからだ。

「そう怒らないでくれるかな。君に拗ねられると、気を惹《ひ》きたくて、……ひどいことをしてしまいそうになるから」

アルフォンスの言葉に怯えたセシルは、ビクリと身体を引き攣《つ》らせてしまう。しかしそれを見たアルフォンスが笑いを噛み殺した瞬間、彼の意のままの反応をしてしまったことに気づく。

「本当に君は、かわいいね」

濡れた蜜口に、アルフォンスはヌチリと指を押し込んでいく。久しぶりの感触に、セシルの身体が総毛立った。

「……んっ……」

セシルはウェディング・ドレスの裾を指が白くなるほど握り締め、不安げにアルフォンスを見下ろした。

彼は、どこまで触れるつもりなのだろうか。このままでは結婚式が始まってしまうかもしれないのに……。

「うん。久し振りだからかな。きつくなってる」

アルフォンスの長い指を締めつける、セシルの濡れた襞《ひだ》を掻き回しながら、彼は愉《たの》しげに笑う。

「それとも、私が欲しくて、締めつけているのかい」

意地悪な表情を見ていられなくて、セシルは瞼を閉じて、声を荒立てる。

「知らな……っ、……んんっ……はぁ……っ」

ヌチュヌチュと濡れた水音を立てて、アルフォンスの指が粘膜を開かせていく。悪戯《いたずら》に親指が鋭敏な花芯《かしん》に触れると、鈍い疼きが下肢から駆け上がり、嬌声《きょうせい》を洩らしそうになってしまう。

「冷たいね。……私は君が恋しくて、気が狂いそうなぐらいだったのに」

アルフォンスはそう囁《ささや》くと、セシルの太腿を摑んで指を増やし、いっそう抽送を激しくしていった。震える肉襞《にくひだ》が引き伸ばされ、ひどく感じる場所を擦りつけられると、蜜が止めどなく溢れていく。

「……ふっ、ふぁ……、あっ、あぁっ」

身悶えながらセシルは懇願《こんがん》するように、アルフォンスを見下ろした。もっと奥まで、熱い高ぶりで突き上げて欲しくて堪らなかった。しかしそんな恥ずかしいことを、アルフォンスには告げられない。

「……つれない君の代わりに、ここは、熱くなっている。……溢れてきたね」

どれだけ快感を否定しても、セシルの身体は正直だった。アルフォンスを求めるように、溢れる蜜を止めようとするが、指を深く咥《くわ》え込むだけだった。

「アルフォンスが……いっぱい、触るから……」

泣きそうな声でセシルが非難すると、アルフォンスはふたたび曲解してしまう。

「うん？　私のせいで、早く欲しがって震えているのかい？　嬉しいよ」

茹だりそうなほど、頰が熱くなる。セシルは恥ずかしくて、否定しようとするが、言葉にならなかった。

「髪を乱したりしないから、挿れても？」

尋ねられる言葉に、セシルは小さく震えながら頷く。だめだと言わなければならないのに、アルフォンスを求めてしまって、おかしくなりそうだったからだ。

自らの肉茎《にくけい》を引き摺り出す彼から目を逸らし、セシルはそっとアルフォンスに腕を回した。そして、このまま彼の熱を与えられるものだと信じて疑わなかった彼女に、アルフォンスは悪戯《いたずら》な声で告げる。

「自分で腰を落として」

「……っ」

自分から求めるような淫らな真似などできない。無理だと……首を横に振ろうとしたセシルに、アルフォンスは優しく囁く。

「本当に私が好きなら、これぐらいできるだろう？」

そんな風に言われては、従わないわけにはいかなくなってしまう。セシルは赤くなった顔をブルブルと震わせながら、アルフォンスを睨めつけた。しかし潤んだ瞳では、迫力などあるはずもない。

「……い、意地悪」

喘《あえ》ぎ混じりの声で、そう言い返すと、アルフォンスは彼女の頬にそっと唇を押しつけてくる。滾《たぎ》る熱棒が、ゆるゆると濡れた蜜口に擦りつけられ、ゾクリとした痺《しび》れを覚えた。

「君からの罵倒《ばとう》は、この胸や耳に心地良すぎて、私には甘えられているようにしか聞こえないな」

セシルは甘えてなどいない。怒っているのだ。しかしアルフォンスには、なにを言っても敵わない。

「……っ！」

仕方なく彼女は、泣きそうな顔で腰を落としていく。角度を持って勃《た》ち上がった肉棒を指で押し開かれた蕾《つぼみ》に押し当て、そのまま腰を落とすことで受け入れる。物欲しげに震えていた襞が、太い楔《くさび》に貫かれると、身震いするほどの歓喜が湧き上がった。

「はぁ……ふぅ……っんん」

久し振りの感触だった。咥え込んだ肉茎《にくけい》の大きさにセシルは、思わず腰を上げる。しかし亀頭の括《くび》れに内壁を擦りつける結果になってしまい、ブルリと身体を震わせた。

「んっ、んんぅ……っ、お、おおき……ぃ」

ドレスの裾を強く摑んで、セシルは苦しげに声を上げる。

「褒めてくれているのかな」

そんな彼女の姿を愉しげに見上げながら、アルフォンスが尋ねた。

褒めたつもりなどなかった。脈打つ太い肉棒が腹の奥に押し込まれる感触に、衝動的に口にしてしまったのだ。

「ちがっ、熱……っ」

頭を振りながら、セシルが熱い吐息を洩らす。

「君が可愛いから、こうなっているんだろう」

なかなか動こうとしないセシルを責めるように、ゆっくりとアルフォンスの腰が押し回されていく。

「……わた……し……、せいじゃない……っ」

ぬめる蜜を纏わせ、ぬるぬると嬲《なぶ》られる感覚にセシルは肩口を揺らした。

「いいや、君のせいだよ。私が野獣のように分別をなくすのも、昂ぶるのもぜんぶ、君のせいだ」

強く唇を閉ざして、セシルはアルフォンスの肉棒を、ふたたび奥まで飲み込んでいった。

ゾクリと身体に震えが走る。求められることが嬉しくて、歓喜したように襞《ひだ》が戦慄《わなな》く。

「満更じゃないみたいだね」

笑われて真っ赤になりながら、セシルは所在なげに目を泳がせる。

アルフォンスの淫らな言葉が、嬉しいだなんて、知られたくなかった。

「私を狂わせて、嬉しいかい。意地悪な仔猫ちゃん」

意地悪なのは、アルフォンスの方だ。

そして狂わされているのは、セシルの方で……。

「しらな……っ、もう……しらっ……」

この場から逃れたくて、腰を引かそうとするセシルの蜜口が、突き上げられる。

「知りたくなくても教えてあげるよ。どれだけ私が君に夢中なのかを」

そうして腰が掴まれ、アルフォンスは焦れたように、抽送を始めてしまう。

「あっ。あふ……っ、ん、んぅ……っ」

熱い肉棒が、セシルの身体を串刺しにするかのように、奥深くまで穿《うが》たれていく。深い接合に、セシルは身を捩らせた。

「……あっ、……あぁ……」

収縮した肉洞がみっちりと埋め尽くされ、膨れ上がった肉茎が、濡れた襞を擦りつける。衝動的に腰を上げ、ふたたび腰を下ろすと、アルフォンスはウェディング・ドレスの胸元に顔を埋めた。

「上手だね。……乗馬は好きかい？」

囁く声に、身体中の熱が沸騰しそうだった。確かにセシルは、父に乗馬を仕込まれていたが、それとこれとはまったく関係のないことだ。

「……っ、馬鹿ぁ……」

相手は王子だということも忘れて、思わずセシルは詰《なじ》ってしまう。

「くく……、本当に、堪らないな」

アルフォンスはその言葉に、怒り出すどころか、ますます愉しそうに顔を綻《ほころ》ばせていた。

「愛おしくて、どうにかなってしまいそうだ」

膝を立てたセシルの足がガクガクと痙攣《けいれん》していた。堪えきれなくなって落とした腰を、脈打つ肉棒が容赦なく突き上げる。グチュグチュと卑猥《ひわい》な水音を立てながら、抽送される熱に、次第に理性が掻き消され始めていく。

「ひ……っ、ん……、ん、ンンッゥ」

舌の付け根から溢れる唾液を飲み下し、与えられる愉悦にセシルは身体を震わせていたが、ついにスカートを持つ手を離してしまう。

「もう、君の綺麗な足を私に見せつけるのは、終わりにしてしまうのかい」

セシルは足を見せびらかしていたわけではない。ドレスの裾を持つように、アルフォンスに強要されていただけだ。

「な……な、にも……見ないで……、目……閉じて……っ」

足を閉じようとするが、アルフォンスを跨《また》ぐ恰好では、肉棒を強く締めつけるだけだった。羞恥《しゅうち》に身を震わせるセシルを、彼は揺さ振る動きを止めようとはしない。

——そして。

「お断りだね。こんなにかわいいのだから、ぜんぶこの瞳に焼きつけさせて貰うよ」

そう言ってアルフォンスは、セシルの身に纏っているウェディング・ドレスのスカートを、腹部まで捲り上げ、布を後ろに流してしまう。

ふたたび露わになるガーターベルトが恥ずかしくて、セシルは顔を歪めた。

「いやらしい人……」

セシルが見られたくないと解っていて、無理やり露わにするなんて、ひどすぎる。責めるように呟くと、艶やかな笑顔と共に言い返される。

「君ほどじゃないよ」

いやらしいのはアルフォンスだけだ。決してセシルはいやらしくなどない。

「私は……っ、あっあぁっ」

言い返そうとする彼女の身体が、熱い熱棒で激しく突き上げられていく。

「……ひ……っ、んっ、んんっ」

太い幹に押しつけられた花芯が、止めどない疼きを走らせていた。溢れる蜜にぬるつい
た淫唇が、脈打つ肉茎に擦りつけられるたびに、セシルは身を震わせ、愉悦を走らせる。

何度も何度も、感じる場所を突き上げられ、次第にセシルの腰が揺れ始めてしまう。

ズチュズチュと肉棒が突き回される動きに合わせて、アルフォンスの胸に手を置いて、
セシルは理性をなくしてしまったかのように腰を上下していく。

もっと奥まで。もっと強く。アルフォンスの熱を感じたくて堪らなかった。

「ん……っ、あ、あっ、あぁっ」

固い切っ先が子宮口を擦りつけ、ズルリと亀頭の根元まで引き摺り出される。断続的に
喘ぎながら、セシルは白い喉元を仰け反らせていた。

交互に襲い来る脱力感と圧迫感に、擦りつけられる花芯の疼きが混じり、頭の中が真っ
白になってしまう。

身悶えながら熱い吐息を漏らしたセシルが、掠れた声で訴える。

「アルフォンス……、キス……したい……っ」

喉の奥から溢れ出そうな欲求を満たしたくて、セシルはアルフォンスにそう懇願した。

「化粧が崩れてしまうから、いけないのではないのか」

からかうような声で、尋ねられる。普段のセシルなら拗ねそうな言い方だったが、そんなことを気にする余裕など、すでになくなってしまっていた。

「いい、……いいか……ら、キスして」

潤んだ瞳でアルフォンスを見つめたセシルが、赤い唇を近づける。

「いけない人だね。……あとで君に怒られてしまうと解っていても、私が拒めないのを知っていて」

溜息のように囁いたアルフォンスは、セシルの唇を奪うようにして塞いだ。

ジンとした痺れが、喉元にまで走っていく。

「ん……、んぅっ……ふぁ……、あっ……」

疼く舌を絡められていく。アルフォンスのぬるついた舌が、擦りつけられる感触に、胸の奥が満たされていく気がしていた。

セシルが夢中になって、アルフォンスの唇にむしゃぶりつくと、彼の唇が口紅で赤くなってしまう。アルフォンスについた口紅を、セシルは仔猫がミルクを舐め取るように、丁寧に舌で拭っていく。

「くすぐったいよ。セシル……。嬉しいけど」

「……っ！」

――アルフォンスが、好きで。好きで。好きで。セシルは、おかしくなってしまいそうだった。彼女は愛おしげにアルフォンスを見つめ、そして彼にキスを繰り返す。

「そんな熱っぽい瞳で訴えるなら、言葉で、愛しているって伝えてくれないかな」

そう言って苦笑いするアルフォンスだったが、瞳は真摯《しんし》なものだった。

「……っ、あ……、愛してる……。も……、離したりしないで……」

セシルがついに、そう告白すると、アルフォンスはこの上なく幸せそうに、微笑む。

そして彼女に口づけた。

「私も愛しているよ、セシル」

アルフォンスは彼女の身体を抱えると、仰向けに長椅子に横たえ、覆い被さる。

「……もっと、激しくしてもいいかな」

尋ねられる言葉に応えるように、セシルはアルフォンスの肩に縋りついてガクガクと頷いた。もっと彼の熱が欲しくて、感じる場所を突き上げて欲しくて、セシルは淫らに求める言葉すら発しそうになっていた。

アルフォンスはそんなセシルの脚を抱えると、膨れ上がった肉棒を、打ちつけ始める。

「あ……っ、あぁっ……っ」

汗ばむ肌も、口を吐いて出る嬌声《きょうせい》も、時間も、なにもかもがすべて、どうでも良くなってしまっていた。感じるのは、幸せな充足感と、アルフォンスに与えられる熱だけだ。

脈打った肉茎が粘膜を押し開き、何度も擦りつけられていく。

「……堪らないいな。……こんなに良いんじゃ、止まらなくなってしまう」

アルフォンスの熱っぽい声が囁かれる。止めて欲しくなどなかった。もっとアルフォンスの熱を感じていたくて、セシルは熱棒を深く咥え込み、襞を収縮させる。

「……アルフォンス……ッ、……は……ぁ……っ、あっ、あっ」

愛している……と、ふたたび声を上げそうになったとき、激しい愉悦に飲み込まれていく。そうしてセシルの身体がうねり、ビクビクと大きく背中が仰け反る。

収縮した柔襞に、熱く脈打つ肉棒が捩じ込まれ、そして引き抜かれていった。

「んっ！　んんぅ……」

身悶えるセシルの蜜口を、大きく開くように腰が押し回され、グリグリと強く掻き回されていく。セシルは熱い楔をもっと感じていたくて、艶めかしく腰を揺すり立てる。

「はぁ……っ、セシル……、君の中で、出してもいいかい？」

ガクガクと頷きながら、セシルは歓喜の声を上げる。

脈打つ熱望が、最奥まで捩じ込まれ、そうして子宮口を強く突き上げていく。ビクンと大きく身体を波打たせ、セシルは感極まった嬌声を洩らした。

「出して……っ。アルフォンスの……欲しいの……、んんっ、……はぁっ……あぁ……っ」

アルフォンスの熱い飛沫が、身体の奥底に迸る。その熱を受け止めながら、セシルは彼の顔を引き寄せ、唇を重ねていた。

エピローグ　意地悪な謀略　砂糖菓子の憂鬱

そうしてディネレア王国の第一王位継承者であるアルフォンスの花嫁として、セシルはリナフルーレ宮殿に迎え入れられた。しかしその甘いはずの新婚生活は、順風満帆《じゅんぷうまんぱん》とはいかなかったのだった。

「なにをしていらっしゃるのっ」

政務に忙しいアルフォンスのために、自ら紅茶を淹《い》れようとティーセットに向かっていたセシルは、ライティング・テーブルの上にある手紙を見て驚愕《きょうがく》してしまう。

それは彼女が、侍女としてアルフォンスに仕えていたとき、いやらしい行為の最中に書かされた手紙の返事だった。まさか婚約者が自分のことで、アルフォンスに来ていた手紙が、セシルを名乗って父が用意したものだとは思ってもみなかった。

顔も知らないアルフォンスの婚約者に、ずっと嫉妬《しっと》していたなんて、思い出すだけで、顔から火が噴きそうになる。あのときもアルフォンスは、侍女『エミリー』が、婚約者であるセシル・コートネイだと解っていて、手紙を書かせるような真似をしたのだ。そう思うと、だんだん怒りが湧いてくる。

「あぁ、私の宝物のひとつだよ。もちろん、一番の宝物は君だけれど」

アルフォンスは見惚《みと》れてしまうほどの微笑みを浮かべるが、そんなことで誤魔化されるつもりはなかった。セシルは今日こそ、その手紙を捨てさせるつもりなのだから。

「捨ててくださるかしら」

アルフォンスが持っている手紙を睨みつける。後ろから熱を突き上げられながら、『愛している』と書かされた文字は、斜めになっていて、大きく歪んでしまっている。そのことがいっそう恥ずかしく、いっそ書き直させて欲しいぐらいだった。

「お断りさせて貰うよ。これは私の宝物だと言っているだろう？」

それなのにアルフォンスは、手紙が宝物だと言って憚《はばか》らない。その手紙を見るたびにセシルは、侍女として仕えている際、アルフォンスにされた数々のことを思い出してしまい、居たたまれなくなってしまっていた。今日こそは処分しなければ、心の平穏は訪れないだろう。

「捨ててくださらないなら、今から実家に帰らせていただきますから」

セシルはツンと顔を逸らしながら、冷たく言い放つ。するとアルフォンスは、彼女の肩に腕を回して、端整な美貌《びぼう》を近づけてくる。

「……っ」

結婚している身だというのに、いつまでも慣れることのできない、美しい面差しに、セシルは息を飲んだ。

「嫌だね。そんなこと言うなら、かわりに毎日愛の告白でもしてくれるというのかい」

アルフォンスは唇が触れそうな距離で、艶《つや》を帯びた切なげな表情で見上げてくる。

彼はセシルが動揺すると解っていて、わざとそんな表情をしているのだ。解っているのに、速まった鼓動《こどう》を抑えることができない。

「……わ、私の気持ちはご存じでしょう⁉　わざわざそんなことを口にする必要なんて、ないと思うわ」

顔を逸らしながら声を荒立てて、セシルがそう言い放つと、アルフォンスは官能的な唇を、彼女の熱く火照った頬に押し当てる。くすぐったさにセシルは、首をすくめてしまう。

「仕方がない。君がそこまで言うのなら、この手紙は額縁にいれて、寝室に飾らせて貰うことにしようか」

「な……っ」

そんな恥ずかしい真似をされたくはなかった。セシルは手を伸ばして、手紙を破り捨てようとするが、寸前でかわされてしまう。そしてアルフォンスはライティング・テーブルの引き出しに大事そうに手紙を片付けると、そこに鍵までかけてしまった。

鍵のスペアはなかった。これではセシルにはどうすることもできない。

「意地悪っ」

セシルが悔《くや》しげな表情で睨《にら》みつけると、アルフォンスは飄々《ひょうひょう》として答えた。

「君ほどじゃないと思うけど？　君が言うのなら、私は意地悪なのかもしれないね」

意地悪なのはアルフォンスだ。セシルは意地悪なんて、一度たりともしたつもりはない。

「私はなにも意地悪なことなんてしていないわ」

セシルは軽く首を横に振りながら、とんでもない……といった風に、言い返す。

「……そうだね。なにも言ってくれないことだし」

セシルがアルフォンスに愛の告白をすることは、滅多にないことだ。身体を繋げている際に、無理やり言わされることは多々あっても、普段に口にすることはないに等しい。

アルフォンスは、そのことを責めているらしい。

「……っ！」

しかし恋の手練手管《てれんてくだ》など持ち合わせていないセシルには、眩暈《めまい》がするほど、恥ずかしい言葉だ。セシルは動揺のままに、目を泳がせる。しかし、サファイアブルーの瞳が、逃がさないとばかりにじっと見上げてくる。

愛の言葉を口にするまで、アルフォンスは彼女を解放するつもりはない様子だった。仕方なくセシルは、真っ赤になりながら小さな声で囁く。

「……あ、愛してる……。……だから、手紙を捨てて？」

掠れる声で呟いたセシルの言葉に、彼は目を瞠《みは》る。そして幸せそうに、微笑んでみせる。

「本当に、私の花嫁はかわいらしいね。……そんなお願いのされ方をしたら、なんでも言うことを聞きたくなってしまうよ」

「じゃあ、捨ててくださるの？」

ぱっと顔を綻ばせるセシルを前に、アルフォンスは意地悪くニヤリと口角を上げた。

「いや、お願いを聞きたくなってしまっただけだから、捨てはしないよ」

人を期待させておいて、それはないだろう……と、セシルは瞳を潤ませる。あんな恥ずかしい言葉を必死に口にしたのだから、言うことを聞いてくれてもいいはずだった。

「嘘吐き」

セシルは握り拳をつくり、アルフォンスの筋肉質な胸を叩くが、彼は仔猫にじゃれつかれているぐらいにしか思ってはいないようだ。

「嘘なんて、吐いてはいないだろう？　私は可能性の話をしただけなのだから」

「もういいわ。アルフォンスなんて、知らないもの」

ムッとしながらセシルは部屋を出ようとするが、強い力で華奢《きゃしゃ》な腕が摑まれてしまい、そのまま引き戻される。

「もう知らないと言っているでしょう？　放してくださらないかしら」

拗ねた様子のセシルを宥《なだ》めるように、アルフォンスは首を傾げて、彼女を見上げた。

「私のために、お茶を淹れてくれるんじゃなかったのかい」

本来なら、紅茶を淹れるのは侍女の役目だった。しかしアルフォンスが、他人を傍に置くことを嫌っているため、セシルがその役を買って出たのだ。しかし本当は、彼のためになにかするのを、他の人に譲りたくなかっただけだと、セシルは自覚している。

「他の誰かに、淹れて貰えばいいわ」

口喧嘩《くちげんか》をしていても、心の奥底では、アルフォンスに紅茶を淹れる役目を譲りたくなかった。しかし今は、そんなことに気づかれたくなくて、わざと冷たく言い返す。

「残念だな。私は君の淹れてくれるお茶を、なによりも愉しみにして、政務に勤しんでいたというのに……」

深く溜息を吐くアルフォンスに、セシルの自尊心が擽《くすぐ》られる。

「……い、一杯だけならいいわ」

仕方なさそうに呟いて、ティーセットの置かれたテーブルに向かおうとしたとき。

突然、セシルの唇がアルフォンスに塞がれてしまう。

「ん……っ」

いきなりの口づけにセシルは目を瞠った。しかしアルフォンスの長く濡れた舌で、口腔《こうこう》を探られ始めると、次第に瞼が閉じていく。慰めるような優しい口づけだった。柔らかく舌の上が擦りつけられ、ちゅっと唾液が啜《すす》り上げられる。

「……は……んぅ……」

もっと強く口づけられたい衝動に駆られる。しかし今は口喧嘩の最中だということを思い出して、セシルはそれを必死に堪えた。唇を少しだけ離して、彼が掠《かす》れた声で囁く。

「でも、お茶よりこちらの方が、いいかな」

アルフォンスの情欲を滲ませた声音に、セシルはゾクリとした震えを覚える。そうして角度を変えて、ふたたび口づけられる。

「……んっ、んっ」

震える舌を絡ませられ、強く吸い上げられる。セシルは思わず、アルフォンスの肩口に縋りついてしまっていた。次第に口づけが深くなっていく。アルフォンスに首の後ろに手を回され、強く引き寄せられると、狂おしいほどキスが激しくなり始める。

「そんなに……吸っちゃ……、っんぅ……」

欲望を煽るような口づけから逃れようと、セシルがアルフォンスの胸を押し返す。真昼から、こんなことをしている場合ではない。いつ部屋に誰が訪れるか解らないのだ。しかしアルフォンスは気にした風もなく、セシルの身体に手を這わせ始める。彼のいやらしい手つきに、ビクリと身体が震えてしまう。捏ね合わされた唾液を、ちゅっと啜り上げ、彼は艶を帯びた表情で、セシルを見つめていた。

「もっと飲ませて？　喉が渇いているんだ。君が不足してしまったのかな」

「……こ、こんなことで、喉の渇きが癒《いや》されるはずがないでしょう」

アルフォンスは、セシルのすべてを奪いたいとばかりに、熱っぽく囁く。その声音に頷きそうになるのを、彼女は懸命《けんめい》に堪える。

「あぁそうだね。でも他にも飲ませてくれるなら、きっと癒されるに違いないんだけど」

一瞬、彼の言葉の意味が解らず、セシルは首を傾げた。しかし『他にも』の意味が解った瞬間、耳まで顔を真っ赤にした。

「休憩はお止めになって、政務に戻られるといいわ」

ぷいっと顔を逸らして、その場から逃れようとしたセシルが、彼に背を抱かれるようにして膝に抱えられる。そして逃れられない彼女のドレスの紐《ひも》が、アルフォンスの片手によって器用に解かれていく。

「なにをなさっていらっしゃるの？」

うなじにかかる指の感触に、ゾクリとした震えが腹部の奥にまで駆け巡る。肩口を揺らして、止めさせようとするが、叶わない。

「入浴したくてね」

思いがけない言葉を返され、セシルは怪訝《けげん》そうに眉根を寄せた。

「こんな時間から？」

「いけないかい」

ディネレア王国の第一王位継承者である彼を咎《とが》める者など、誰もいなかった。彼がなにをしようと自由なのだ。

──しかし。

「構わないけれど、どうして私まで脱がそうとなさるの」

それならなぜ自分の衣装ではなく。セシルのドレスを脱がそうとするのか、まったく理由が解らない。

「ん？　一緒に入るつもりだからだけど？」

当然のように返される言葉に、セシルは息を飲む。

「おひとりで入られるといいわっ！　私は入りたくありません」

一緒に入浴するということは、こんな真昼から共に裸になるということだ。そんな恥ずかしい真似ができるはずがない。名高い芸術家の彫刻のような美しい肢体をしたアルフォンスならともかく、セシルは絶対に、そんな姿を彼に晒したくなかった。

「以前、身体を洗ってくれと頼んだ私に、君が言ったんだよ。『こういうことは、ご自分の奥様に頼んでください』ってね。自分の花嫁になら、構わないのだろう」

「あ、あれはっ……」

それは侍女としてアルフォンスに仕えていた彼女に、身体を洗わせようとする彼から、逃げようとして口にしただけの言葉だった。まさか自分が花嫁になるとは思ってもみなかったから、そう返してしまったのだ。今頃になって、自分の言葉に苦しめられるとはセシルは思ってもみなかった。

「君が恥ずかしいなら、私が洗ってあげるよ。隅々までね」

アルフォンスの指で、全身を暴かれるなど、冗談ではない。セシルは夜中でも、明かりを消して欲しいと懇願《こんがん》しているぐらいだ。

「い、いやよ。お断りするわ」

ブルブルと涙目になりながら懇願する。しかしドレスを脱がせるアルフォンスの手は止まらない。

「君が意識を失っているときに、何度も風呂に入れてあげたのだから、初めてではないだろう」

意識を失うほど抱かれた後で、セシルの身体が清められていることは確かにあった。しかしあれは不可抗力というものだ。自ら進んで願い出たことではない。

「どうして私の身体など、洗おうとするの？　なにも愉しいことなどないでしょうに。だいたい、そんなことは自分でできるもの、放っておいて」

ジタバタとアルフォンスの膝の上で藻掻《もが》くセシルの腰を、彼は強く引き寄せる。

「なぜ君の身体を洗いたいかって……、どこを触っても蕩《とろ》けそうなほど気持ちいいからだけど、なにか問題があるのか？」

あまりの恥ずかしい返答に、セシルは卒倒してしまいそうだった。アルフォンスの言語中枢はなにか恐ろしい病にでも冒されているのではないかと、考えずにはいられない。

そしてついに彼は、セシルが逆らえなくなる言葉を口にする。

「君は私の肌に触れるのは、嫌いかい」

アルフォンスに触れることを嫌いだなんて、思えるはずがなかった。言い返せなくなるのを解っていて、そんなことを口にする彼を振り返りセシルは真っ赤になって睨みつける。

「……そんなこと言ってないわ」

狡《ずる》い。拗《す》ねた態度を取っても、セシルが嘘を吐くのが苦手だと解っていて、逆らえなくするなんて。

「それならなにも問題ないね」

艶然とした笑みを浮かべたアルフォンスは立ち上がると、セシルを引き摺るようにして、浴室《バス・ルーム》に向かっていく。

「でも……、いや……っ、恥ずかしいから嫌よ」

散歩を拒む犬のように踏ん張ろうとするセシルを、アルフォンスは軽々と抱きあげる。

「あっ！」

これでは逃げることができない。抗うように彼の背中を叩くが、無駄な行為だった。

「そうか、先に理性がなくなるまで抱いて欲しいってことだね。……素直じゃない花嫁を持つと、解釈に苦労するよ。とても、かわいらしいけれど、……大変だね」

「そんなこと、言ってないのにっ」

大変なのは、セシルの方だった。勝手な解釈をするアルフォンスに翻弄《ほんろう》され、息を吐く間もないのだから。

「言わなくても、君のすべては手に取るように解るよ。私は君を誰よりも愛している花婿だからね」

寝室に無理やり運ばれるセシルの唇が、アルフォンスに塞がれる。甘い口づけを受けながら、それでもセシルは彼の傍にいる幸せを噛み締めていた。

あとがき

初めまして、またはこんにちは。仁賀奈《にがな》です。前回のあとがきで次回は王道ですよ！　なんて豪語していましたが、なぜか変態っぽい仕上がりになった気がします（いつも通りだね）。『王道』と書いて『ベタ』とルビを振るはずが仁賀奈の辞書では『ヘンタイ』になっているようです（目逸らし）。二文字無駄に多いよ！　冗談はさておき、王道的に王子にしてみましたが蓋《ふた》を開けてみると、言語中枢のエロいストーカー×ツンデレストーカーというなんだかマニアックな仕上がりになっていました。超ミステリーです。何故なんだ。いや、なにもおかしくなんてない！　恋は人を愚かにさせるのですよ（おかしいのはお前の頭だけだ）。『人生は思うようにならないものだ』と、今回のヒーローも言っていました（お前の逃げ口上に使うな）。今回はキャラの脳内が色々だだ洩れな仕様でお話が進みます。ちょっとずつ擦れ違って行く二人を、生暖かく見守っていただければと思います。

そして仁賀奈はこの本でついに六冊目の本を出して戴くことになりました。ティアラ文庫様で書かせて戴けるのも、本を読んでくださっている皆様のおかげです。有り難うございます。六冊目にもなれば、色々と変わってきます。その最たる例が編集M様の言動です。

一冊目ビフォー『全国の乙女が驚かないようにエロは控《ひか》えめでお願いしますね』。六冊目アフター『別にエロは控えなくてもいいですよ！　むしろ好きなだけやってください（笑顔）』。まさに劇的ビフォーアフタ●（東京に向って土下座しろ）。こんなことを言いながらも、少女小説なので特殊プレイにはチェックを怠《おこた》らない編集M様の抜かりのなさに仁賀奈は涙を禁じ得ません。前回で言うと【4P許して顔射許さず】ティアラ文庫の深淵に秘された謎。実に奥が深いです。深過ぎて仁賀奈には善と悪の区別がつきませんよ！　冗談はさておき、いつもご指導有り難うございます。その恐ろしき言動の数々に、心の底から都会の悪鬼と呼ばずにはいられませんが本当に感謝しております。いや本当です（大笑）。

そして今回は『シンデレラ・クルーズ』と『ウェディング・オークション』で超美麗なイラストをくださった周防佑未《すおうゆうみ》様に再びお願いすることができました。ラフだけで萌えのあまり雄叫びを上げました。アルフォンスの格好良さに、興奮して月まで飛べそうでした！（そのまま返ってくるな）。出来上がりがとても楽しみです。周防佑未様、有り難うございます！

最後になりましたが、仁賀奈の本をいつも読んでくださっている皆様、有り難うございます！　ご感想やリクエストなど戴けると嬉しいです。今回は二つほどリクエストにお応えして書いている部分があるのですがいかがでしたでしょうか？　できるだけお返事もさせて戴いていますが、半年に一度とかになっていますので、気長にお待ち願えると嬉しいです。それでは有り難うございました。今回も最後に一言。腹黒万歳！　腹黒万歳！　大事なことなので二度言いましたよ（笑）。読んでくださる皆様に、少しでも楽しい気分になって戴ける本を、書いていければと切実に願っています。

仁賀奈

鳥籠《とりかご》ワルツ

嘘《うそ》つきな花嫁《はなよめ》の秘《ひ》めごと

ティアラ文庫をお買いあげいただき、ありがとうございます。
この作品を読んでのご意見・ご感想をお待ちしております。

✦ ファンレターの宛先 ✦
〒102-0072　東京都千代田区飯田橋3-3-1
プランタン出版　ティアラ文庫編集部気付
仁賀奈先生係／周防佑未先生係

ティアラ文庫WEBサイト
http://www.tiarabunko.jp/

著者――仁賀奈（にがな）
挿絵――周防佑未（すおう ゆうみ）
発行――プランタン出版
発売――フランス書院
〒102-0072　東京都千代田区飯田橋3-3-1
電話（営業）03-5226-5744
（編集）03-5226-5742
印刷――誠宏印刷
製本――若林製本工場

ISBN978-4-8296-6570-1 C0193

原稿大募集

ティアラ文庫では、乙女のためのエンターテイメント小説を募集しております。
優秀な作品は当社より文庫として刊行いたします。
また、将来性のある方には編集者が担当につき、デビューまでご指導します。

募集作品

H描写のある乙女向けのオリジナル小説（二次創作は不可）。
商業誌未発表であれば同人誌・インターネット等で発表済みの作品でも結構です。

応募資格

年齢・性別は問いません。アマチュアの方はもちろん、
他誌掲載経験者やシナリオ経験者などプロも歓迎。
（応募の秘密は厳守いたします）

応募規定

☆枚数は400字詰め原稿用紙換算200枚～400枚
☆タイトル・氏名（ペンネーム）・郵便番号・住所・年齢・職業・電話番号・
メールアドレスを明記した別紙を添付してください。
また他の商業メディアで小説・シナリオ等の経験がある方は、
手がけた作品を明記してください。
☆400～800字程度のあらすじを書いた別紙を添付してください。
☆必ず印刷したものをお送りください。
CD-Rなどデータのみの投稿はお断りいたします。

注意事項

☆原稿は返却いたしません。あらかじめご了承ください。
☆応募方法は郵送に限ります。
☆採用された方のみ担当者よりご連絡いたします。

原稿送り先

〒102-0072　東京都千代田区飯田橋3-3-1
プランタン出版「ティアラ文庫・作品募集」係

お問い合わせ先

03-5226-5742　　プランタン出版編集部